Henry Hoke

GANZ WIE EIN MENSCH

DAS BUCH

In den Hügeln von Los Angeles, gleich unter dem Hollywood-Schriftzug, lebt einer der gefährlichsten und hungrigsten Bewohner der Millionenstadt: Ein einsamer Berglöwe, der die heißen und beutearmen Tage damit verbringt, den Wanderern in den Hollywood Hills bei neurotischen Gesprächen zuzuhören, ein nahegelegenes Obdachlosencamp zu bewachen und Insekten zu fressen. Als ein Feuer im Camp ihn zu fliehen zwingt, findet er sich auf einmal in der Stadt wieder, von der er schon so viel gehört hat: »Ellej«. Hier begegnet er nicht nur neuen Gefahren, sondern auch einer möglichen Retterin – und einem alten Bekannten, mit dem er noch eine Rechnung offen hat …

In atemloser, außergewöhnlicher Sprache beschreibt der Löwe seine Sicht auf eine schnelle, hitzige und traumatisierte Welt, und erzählt so letztendlich doch nicht von sich – sondern von uns Menschen.

DER AUTOR

HENRY HOKE machte seinen Abschluss am California Insitute of the Arts, an dem er fünf Jahre lehrte, und unterrichtet heute Kreatives Schreiben an der University of Virginia. Seine Arbeiten erschienen in *Electric Literature*, *Triangle House* und *The Offing*. Er ist außerdem Autor mehrerer Bücher und lebt in Brooklyn.

DER ÜBERSETZER

STEPHAN KLEINER, geboren 1975, lebt als literarischer Übersetzer in München. Er übertrug u. a. Bret Easton Ellis, Michel Houellebecq, Tao Lin und Hanya Yanagihara ins Deutsche.

HENRY HOKE

GANZ WIE EIN MENSCH

Roman

Aus dem amerikanischen Englisch
von Stephan Kleiner

EISELE

Besuchen Sie uns im Internet:
www.eisele-verlag.de

Die Originalausgabe erschien 2023 unter dem
Titel *Open Throat* bei MCD/Farrar, Straus and Giroux,
New York.

Gesetzt aus der Adobe Garamond
Layout und Satz: Red Cape Production, Berlin
Umschlagillustration: Rodrigo Corral design
Umschlaggestaltung: FAVORITBUERO, München
Druck und Bindearbeiten: GGP Media GmbH, Pößneck
Printed in Germany
ISBN 978-3-96161-188-1

Es gibt kein menschliches Wesen,
dessen inneres Leben stark genug wäre,
um nicht zum guten Teil durch
äußere Umstände bestimmt zu werden.

GEORGE ELIOT, *MIDDLEMARCH*

Ich habe noch nie einen Menschen gefressen aber heute könnte es so weit sein

In meinem Gestrüpp werde ich vom Knallen einer Peitsche geweckt und gucke raus und sehe einen wuchtigen Mann in einer braunen Lederjacke mit einem braunen Hut auf dem Kopf der die Peitsche über zwei anderen Menschen schwingt einem Mann und einer Frau

Die Frau hält ein Telefon hoch und sagt *Du siehst genau wie er aus o mein Gott*

Der Mann mit der Peitsche lächelt und lässt sie noch mal knallen und da ist was tief in meinem Bauch was kein Hunger ist

Hunger habe ich auch

Der Mann ohne Peitsche legt sich auf den Rücken und spreizt die Beine und hebt die

Füße zum Himmel und ruft *Okay los schnalz dagegen schnalz mir einfach leicht gegen die Eier*

Der Mann mit der Peitsche reißt den Arm nach hinten und nach vorn und die Peitsche knallt vor dem liegenden Mann auf die Erde und der liegende Mann sagt *Ja ja*

Die Frau drückt auf ihr Telefon und sagt *Pass auf die brauch ich noch*

Ich versuche die Menschen zu verstehen aber sie machen es einem schwer

Der Mann auf dem Boden ist dünn und die Frau mit dem Telefon ist dünn aber der Mann mit der Peitsche in der Hand ist dick und sein Hals quillt aus dem Kragen von seinem beigen Hemd und ich sehe eine Vene und höre das Blut durch seinen Arm fließen und immer wenn er die Peitsche schwingt spannt sich sein Arm und wird fleischig

Die Peitsche knallt auf den Boden und wirbelt Staub auf und es klingt wie das womit alle großen Katzen gequält werden

Scheiß auf den Kerl

Ich kann seine Innereien riechen

Mir läuft das Wasser im Maul zusammen und der Geifer läuft runter und macht mir die Tatzen nass

Ich schmatze lauter als die Peitsche knallt und die Leute stehen still als hätten sie mich gehört und der liegende Mann steht auf und die Frau dreht das Telefon in meine Richtung und der Mann mit der Peitsche hält die Peitsche bereit

Ja ich hab's gehört sagt die Frau als wäre sie was gefragt worden

Ich fürchte mich nicht vor ihren Augen

Ich habe die gleiche Farbe wie mein Gestrüpp und die gleiche Farbe wie der Boden

Keiner sieht mich wenn ich es nicht will

Die Peitsche macht den wuchtigen Mann mutig und er geht langsam auf mich zu kneift die Augen zusammen und beugt sich vor und ich kann die pochende Ader in seinem Hals genau erkennen

Mein Maul öffnet sich und ich schätze die Entfernung zwischen dem Mann und seinen dünnen Freunden ab und versuche zu entscheiden ob ich ihn schnell genug ins Gestrüpp zerren kann

Ich frage mich ob sie uns verfolgen oder wegrennen würden

Ich habe seit Wochen nichts Größeres als einen Waschbären gefressen

Ich denke daran wie oft ich von dem Mann
fressen kann und dass ihn die Geier nicht finden
wenn ich ihn unten in den Höhlen aufhebe
und dass ich dann immer und immer wieder
hingehen und noch ein bisschen fressen kann

Ich denke an die vielen Nächte die wir
zusammen verbringen werden

Dieser Mann und seine Eingeweide und ich

Gehn wir was essen sagt der Mann und wickelt
sich dabei die Peitsche um die Faust und zieht
den Hals aus der Bahn von meinen Zähnen

Die Frau klatscht in die Hände und sagt *Ja ich dachte Brunch wär nicht mehr mein Ding aber das war wohl ein Irrtum*

Ich sehe zu wie sie schnell den Weg runtergehen und ich lege mich schlafen weil Schlaf den Hunger vertreibt

Beim Aufwachen höre ich die letzten Wanderer für heute an meinem Gestrüpp vorbeigehen

Zwei Mädchen mit riesigen Wasserflaschen die das Sonnenlicht durch die Äste in meine Augen werfen

Es ist nicht leicht mit leerem Bauch zu schlafen aber anscheinend habe ich es geschafft

Ein Mädchen sagt *Mein Gott unfassbar dass es schon dunkel ist*

Ich weiß wir müssen anfangen früher loszugehn sagt das andere

Das Mädchen trinkt einen Schluck aus seiner Flasche und sagt *Ich kann so oft Nein sagen und so viel absagen wie ich will die Zeit reicht trotzdem nie* und das erste Mädchen sagt *Das ist bloß deine Scare-City-Mentalität daran musst du echt arbeiten*

Ja bloß weißt du dieses weißt du ich mag keine Veränderungen sagt das zweite Mädchen und das erste Mädchen sagt *Klar aber im Kapitalismus leben wir alle in Scare City also müssen wir alle versuchen diese Scare-City-Mentalität als quasi Hauptmotivation irgendwie abzulegen*

Ihre Stimmen werden leiser und dann kann ich sie nicht mehr hören und ich gähne und strecke die Pranken aus und ihre Wasserflaschen verschwinden zusammen mit ihren Körpern im Sonnenuntergang

Ich habe hier nichts verloren und sie auch nicht

Jetzt wo die Wanderer weg sind kann ich aus meinem Gestrüpp rauskommen und in die ausgetrocknete Schlucht runtergehen wo früher jede Menge Wasser geflossen ist und ich fresse Insekten und nuckle an den kleinen Rinnsalen damit mein Durst kleiner wird

Ich erinnere mich an den letzten Regen und dass ich nicht froh drüber war aber ich weiß nicht wie lang das her ist

Jetzt brauche ich Wasser aus dem Himmel
oder sonst woher

Ich brauche mehr als einen schmutzigen
Schluck

Ich denke an die wandernden Mädchen und
die glänzenden Flaschen aus denen sie in
großen Schlucken trinken und ich scharre in
der Erde nach mehr Raupen und fresse sie
und ich weiß ich muss eine neue Stelle zum
Trinken finden

Die Zeiten ändern sich

Vor einer Weile hätte ich nie im Leben daran
gedacht einen Menschen zu fressen

Was die Mädchen gesagt haben macht Sinn

Ich weiß nicht genau was eine Scare-City-
Mentalität ist

Aber ich habe eine

Hier wird von verschiedenen Leuten ver-
schieden genannt

Meist sagen sie Ellej aber sie sagen auch der Park oder Hollywood

Das Wort höre ich oft

Ich weiß ich lebe unter dem Hollywood-Schriftzug weil die Wanderer sagen *Ach guck mal wir sind unter dem Hollywood-Schriftzug* und sie sagen *Können wir ganz raufgehen* und sie fragen *Von welchem Buchstaben würdest du dich runterstürzen*

Ich war schon mal oben aber nachts gehen Lichter an und man ist von überall zu sehen also bleibe ich hier unten wo ich jetzt bin

Die Aussicht interessiert mich sowieso nicht

Die Wanderer sagen Sachen wie *Schau dir diese Aussicht an* oder Sachen wie *Das müssen wir öfter machen hier raufkommen und einen anderen Blick auf alles kriegen*

Was sie sehen bringt sie dazu mit dem Finger zu zeigen oder stehen zu bleiben und sich umzudrehen und die Hände in die Hüften zu stemmen und tief durchzuatmen aber die Ferne

die sie so lieben ist ein verschwommener Fleck
wenn ich gucken will wohin sie gucken

Ich kann bloß sehen was genau vor mir ist

Als die Sonne hinter dem Bergkamm versinkt gehe ich von der ausgetrockneten Schlucht zum Camp

Im Camp wohnen meine Leute

Sie sind zu viert und sie haben drei Zelte aufgestellt hinter ein paar Baumreihen wo die Wanderer sie nicht sehen

Aber ich sehe im Dunkeln

Die Leute im Camp riechen vertraut ein Geruch wie Wärme oder der Wald nicht der süße Wanderergeruch von dem mir der Kopf wehtut

Und so habe ich sie vor einer Weile gefunden und ihren Müllhaufen und die kleineren Tiere die kommen und ihren Müll fressen und sich mir zum Fressen anbieten

Manchmal machen die Leute nachts ein Feuer und ich muss mich von dem Leuchten fernhalten aber das haben sie seit Monaten nicht gemacht sie fürchten sich genauso vor der Trockenheit wie ich

In der Lichtung hinter dem Camp gibt es eine Wasserpumpe und darum haben sie das Camp dort errichtet

Das ist nicht schlecht gemacht

Ich gehe zur Wasserpumpe und darunter ist eine tiefe Pfütze und ich schlecke und schlecke und schlecke

Ich bin der geheime Campbewohner

Ich bleibe an den Rändern und lasse ihre Zelte und Abdeckplanen und Vorräte in Ruhe aber ich höre sie über mich reden

Der ältere Mann im linken Zelt nennt mich Puma

Das Paar im mittleren Zelt nennt mich Leh-onn

Der junge Mann im rechten Zelt gibt mir
jeden Tag einen anderen Namen aber er endet
immer auf -katze

Dreckskatze oder Scheißdreckskatze oder
gottverdammte Scheißkatze

Das macht mir nichts aus

Sonst ist er nett und stellt seinen Müll an einen
Baum und heute Nacht ist es ein Eimer mit
Hühnerknochen aber auf dem Boden vom
Eimer ist noch Huhn

Das Fleisch und die Knochen schmecken nach
Spucke von vielen Menschen und bald ist
mein Bauch voll und ich bin dankbar und
meine Augen werden feucht

Ich will meinen Leuten danken aber ich weiß
wenn sie mich sehen ist unsere Beziehung am
Arsch

Es wird hell und das heißt es ist Zeit zu gehen und ich nehme einen Knochen mit in mein Gestrüpp

Die Wanderer fangen früh an und ich höre Stimmen sobald ich mich versteckt habe und auf dem Knochen rumkaue

Das heißt ich höre eine Stimme eine Männerstimme

Ich kann gut zuhören sagt der Mann und ich sehe bei ihm ist eine Frau die neben ihm wandert

Der Mann sagt *Wirklich ganz im Ernst ich will dir zuhören du kannst mit mir über alles reden über uns oder mich oder das Abendessen über alles ich verspreche dir ich höre bloß zu ohne dich zu unterbrechen oder vorgefertigte Meinungen zu haben ich höre einfach ich kann das du weißt nicht wie gut ich zuhören kann wenn du nicht dabei bist oder wenn ich nicht in deiner Nähe bin wenn ich mit anderen zusammen bin schwierig wird es immer nur dann wenn es um uns geht also ich bin zum Zuhören bereit bin ich wirklich ich verspreche es dir ich bin bereit*

Das ist heute meine Gutenachtgeschichte und ich mache die Augen zu und lasse die Ohren auf

Ich kann gut zuhören

Die Stimme von der Frau höre ich nicht und ich frage mich wie sie klingt

Ich frage mich wie ich klinge

In der Dämmerung fühle ich mich allein genug

Ich riskiere ein Knurren aber die Erde knurrt lauter

Der Boden fühlt sich falsch an meine Tatzen halten nicht mehr

Sie geben nach

Mein Körper auf dem Boden zittert und alles um mich rum zittert alles bewegt sich gleichzeitig der Berg bewegt sich ich fühle mich wie in Wasser ich finde keinen Halt kleine Steine rollen an den Ästen in meinem Gestrüpp vorbei zerkratzen mir das Gesicht was sie nicht tun sollten und der leichte stechende Schmerz weckt mich nicht weil ich gar nicht schlafe

Ich kann nicht aufstehen und ich glaube ich werde es nie mehr können und so geht das ewig weiter während das Zittern aufhört

Die Stille jetzt ist nicht die Stille davor

Ich traue dieser Stille nicht

An meinen Beinen sind kleine blutige Stellen von den Ästekratzern

Mein Gestrüpp ist nicht mehr sicher

Ich gehe raus und neben mir steht ein Mensch

Die Frau trägt ein gelbes T-Shirt und gelbe Schuhe und sie dreht mir den Rücken zu und tippt auf ihrem Telefon rum sodass sie mich nicht sieht

Ich erstarre und fühle mich schrecklich

Okay okay schreit sie in die Luft und dann sagt sie noch mal zu sich selbst *Okay*

Sie macht mit einem Fuß einen Schritt zurück und ihr Schuh ist so dicht an meinem Gesicht dass ich ihn riechen kann

Das Telefon ist jetzt an ihrem Ohr und sie kratzt sich an der Seite und lässt ihre Hand da und schlingt den Arm fest um sich beim Reden

Hast du das gespürt sagt sie ins Telefon

Nein sagt sie *Nein ich bin im Park ich weiß nicht ich laufe was jetzt*

Ihr Schuh bewegt sich von meinem Gesicht weg und dann hört sie auf zu sprechen und hört zu und dann schreit sie *Wie kannst du das denn nicht gespürt haben das war ein verdammtes Erdbeben*

Und dann wird sie ruhiger und sagt *Babe ich weiß du hast gesagt ich soll nicht anrufen aber ich rufe an weil ach weißt du was scheiß drauf ich komm nach Hause*

Sie zieht die Nase hoch und wischt sich mit der Rückseite von der Telefonhand was aus den Augen

Sie rennt den Hügel gerade runter und Staub von ihren gelben Schuhen hängt zusammen mit dem Wort Erdbeben in der Luft

Ich gucke runter und berühre eine Tatze mit der anderen um zu sehen ob ich echt und lebendig bin

Ich habe schon so oft ein Zittern gespürt aber entweder war dieses anders oder ich bin anders

Jetzt

Ich schlage die Krallen in die Erde und gehe den Berg rauf aber ich habe Angst dass der Boden nie wieder fest wird

Es ist dunkel als ich an den Höhlen ankomme und ich habe Glück weil das Erdbeben einen Schwarm Fledermäuse aus einem von den Tunneln getrieben hat und sie schießen über mir durch die Luft und stieben auseinander und sie sind genauso verwirrt wie ich

Sogar das Zittern kann meinen Nachthunger nicht vertreiben

Ich nutze ihre Verwirrung aus

Sie ahnen nicht wie hoch ich springen kann

Ich hüpfe hoch und schmettere eine Fledermaus aus der Luft und breche ihr mit den Zähnen den Hals und dann mache ich das Gleiche mit noch einer und mit noch einer

Diese leichte Jagd ist wie ein Spiel und ich habe Spaß im Neumondlicht

Ich gehe tief in die Höhlen rein bis sie so eng werden dass ich stehen bleiben muss

Wenn das Zittern wieder anfängt will ich an einem kleinen Ort sein

Ich drehe mich um und lege mich mit meiner Fledermausspeise vor mir hin und fülle mein Maul und dann meinen Bauch und von den Wänden tropft Wasser also spüle ich die Flügel runter

Ich habe Wanderer schon über Erdbeben reden hören sie sagen *Das ist ein Grund aus Ellej zu verschwinden* oder sie sagen *Die sind gar nicht mehr so wild* oder *Das ist doch kein Thema mehr die Verwerfung hat sich komplett verschoben*

Auf jeden Fall bist du besser draußen wenn ein heftiges kommt sagen sie

Ich bin immer draußen

Heute Nacht unter Felsschichten bin ich satt
und kann immerhin atmen

Aber sogar hier in der Höhle weiß ich ich bin
immer noch draußen ich bin nicht in einem Zelt
wie die Leute im Camp und dass das Zittern
passiert ist macht es nicht besser und wenn es
noch mal passiert wird es das auch nicht besser
machen

Ich weiß nicht

Es ist schwer zu sagen wie es sich anfühlt

Ich suche nach den Wörtern

Pisse spritzt mir ins Gesicht und weckt mich

Von dem stechenden Geruch sträubt sich mein Fell und meine Augen springen auf

Ich gucke auf den baumelnden Teil von dem Mann und das Nasse das daraus auf die Steine vor mir strömt

Das Salz überzieht meine Lippen und ich lecke es ab

Ich habe wieder Hunger

Ich drehe mich von den spritzenden Tropfen weg und das Sonnenlicht muss sich in meinen Augen spiegeln denn der pissende Mann gibt ein tiefes Geräusch von sich und fasst sich an die Brust und dreht sich weg bevor er die Hose hochzieht und er rutscht im Geröll aus und fällt aufs Gesicht

Er rappelt sich hoch und rennt aus der Höhle
und guckt nicht zurück

Hätte er geguckt hätte er gesehen wie ich ihn
nicht verfolge

Mich nicht bewege

Er hätte gesehen wie ich drauf scheiße

Ich bin nicht zum ersten Mal angepisst worden

Ich stehe auf und komme aus meiner Felsspalte
und schnuppere an seiner Pfütze und hocke
mich darüber und pisse und die Pfütze wird
größer

Ich kann seine Angst immer noch riechen

Ich gehe dahin wo er gestürzt ist und scharre
mit der Tatze über die panischen Spuren die er
im Geröll hinterlassen hat und ich denke

Wie es wäre ihn zu jagen

Er war so nah als er mich geweckt hat und ich
hatte die ganze Macht der Überraschung auf
meiner Seite

Ich hätte ihn genau in dem Moment angreifen können und ihn in meine Felsspalte stecken und hätte ein paar Mahlzeiten sicher gehabt

Er hatte einen dünnen Hals der in einer Sekunde gebrochen wäre

Aber an ihm war kein Fleisch dran

Nicht wie bei dem Mann mit der Peitsche

Das alles denke ich bloß weil der pissende Mann weg ist

Und ich weiß ich sehe ihn nie wieder

Ich finde sein Telefon am Höhlenausgang

Es ist schwarz und glänzend und hat ein Muster wie Schlangenhaut und ich drehe es um und drücke drauf wie ich die Menschen auf ihre drücken sehe aber

Telefone funktionieren bei mir nicht

Ich kann es nicht aufheben und mir vors Gesicht oder ans Ohr halten und überhaupt

Wen sollte ich denn anrufen was sollte ich sagen
wohin würde meine Stimme gehen

Ich beuge mich runter und sehe was in dem
schwarzen Bildschirm

Vielleicht eine Zunge und Zähne

Mein Spiegelbild

Aber das Wort habe ich noch nicht

Meine Augen

Mir gefällt die Vorstellung dass sich der Mann
der weggerannt ist an diese Augen erinnern wird

Für immer

Ich schleudere das Telefon zum Eisenpfosten von
einem Schild

Das Schild steht am Höhleneingang und wenn
ich hier Leute sehe dann halten die Leute an und
stellen sich davor und gucken es an und dann
drehen sie um oder gehen rein

Ich weiß nicht was es für ein Schild ist weil ich
nicht lesen kann

Im ganzen Park gibt es Schilder und ich
sehe wie Leute davor stehen bleiben und ich
versuche an ihren Reaktionen zu erkennen
was auf den Schildern steht

Manchmal fragen sich die Leute gegenseitig
was draufsteht als ob sie auch nicht lesen
können aber das liegt dran dass einer immer
näher am Schild ist und dann helfen sie mir
und lesen es laut vor

Darum kenne ich das auf dem steht Heute
sehr hohe Brandgefahr und das auf dem steht
Vorsicht Klapperschlangen

Ich habe kein Problem mit Klapperschlangen

Das auf dem Brandgefahr steht ändert die
Farbe und manchmal lesen es Leute und sagen
Extrem hoch und dann sagen sie *Scheiße*

Gibt es für mich ein Warnschild

Ist es das hier

Als ich aus der Höhle komme schreien die Vögel und am Himmel ist noch ein lauteres Geräusch

Es schwirrt und schleift und bewegt sich in großen Kreisen

Der junge Mann im Camp nennt sie Dreckshubschrauber

Die Dreckshubschrauber kreisen nachts und werfen große Lichter nach unten die mein Dunkel wegnehmen und dann kann ich nichts sehen und kann nicht versteckt bleiben

Der junge Mann im Camp kommt dann aus seinem Zelt und schreit und schüttelt die Faust und beschimpft sie wie er mich beschimpft

Er hasst sie also hasse ich sie auch

Das schwirrende und schleifende Geräusch wird leiser und ich höre Wanderer kommen und laufe hinter einen Baum

Die Wanderer gucken natürlich hoch und einer sagt *Das ist ein Rettungshubschrauber*

Ja vom Kinderkrankenhaus sagt der andere *Die fliegen immer zum Kinderkrankenhaus unten am Sunset Boulevard ich hör sie den ganzen Tag*

Na super sagt der erste Wanderer *Jetzt muss ich jedes Mal wenn ich hochgucke und die sehe an das blutige und sterbende Baby da drin denken das hebt natürlich die Laune*

Ich gucke durch die Äste von dem großen Baum aber der Himmel ist zu hell um was zu sehen außer Licht das wehtut

Stattdessen schließe ich die Augen und höre zu wie das Dreckshubschraubergeräusch leiser wird

Ich stelle mir die blutigen Himmelkinder vor

Ich denke an Blut das vom Himmel regnet und ich rolle mich auf den Rücken und strecke mich und schlage mit den Tatzen in die Luft und denke dran wie ich den ganzen Blutregen im Maul auffange und wie er meinen Durst stillt und ihn so vertreibt wie er nicht mehr vertrieben wurde seit ich klein war

Wenn ich Hunger habe denke ich zu viel an Blut

Wenn ich keinen Hunger habe auch

Ich lecke über die kleinen Kratzer die mein Gestrüpp auf mir gemacht hat und schmecke Erde und meine eigenen Innereien und es stillt meinen Durst überhaupt nicht es schmeckt nach Katze und ich bin eine Katze und ich mag Katze nicht

Ich stehe auf und spucke aus und schüttle den Kopf und werde erwachsen

Ein Kind würde ich wahrscheinlich nicht fressen

Mein neues Gestrüpp ist ein Nest aus krummen Bäumen über einem Weg

Den ganzen Tag kommen Wanderer vorbei
während ich mich ausruhe aber ich bin drei
Meter über ihnen und sie ahnen nie was

Von hier aus müsste ich nicht springen ich
müsste mich bloß fallen lassen und hätte jeden
Wanderer den ich will

Ich versuche diese Gedanken aus meinem
Kopf rauszuhalten und lasse die trockene Brise
Schlaf bringen

Die Wanderer reden über ihre Therapeuten

Sie entscheiden was an ihren Therapeuten gut
oder schlecht ist und ob der Therapeut
gemacht hat dass sie sich gut oder schlecht

fühlen und sie werfen mit den beiden Wörtern um sich als hätten sie verschiedene Bedeutungen

Ich will so einen Therapeut

Ich weiß nicht ob ich mich gut oder schlecht fühle

Wenn Hunger schlecht ist und ich fast immer Hunger habe dann geht es mir vielleicht fast immer schlecht

Ein Therapeut kann was dagegen machen

Ein Therapeut kann erklären wieso ich ein Zittern in mir habe wenn das Zittern draußen schon aufgehört hat

Ein Wanderer sagt *Ich zahle meiner Therapeutin zweihundert pro Sitzung nur um über meine Eltern zu quatschen*

Meine Mutter hat mir einen Namen gegeben den ich nicht verraten kann

Ich bin nicht aus Ellej ich bin bloß hier gelandet

Ich war ein Baby weit weg wo die Sonne
untergeht

Einem tiefen Wald am Wasserufer wo wir
nachts das Salz schmecken konnten das der
Wind rübertrug

Wir

Denn da waren viele von uns auf dem grünen
Hügel wo die Farben Farben waren die ich
hier nicht sehe und Rehe rumstreunten denen
wir bloß geduldig auflauern mussten um sie
zu fangen

Meine Mutter konnte tagelang ausharren und
nach den leisen Geräuschen lauschen die
Beutetiere machen

Meine Mutter war sehr gütig

Ihr Blutdurst war unstillbar

Sie brachte mir bei mit dem Kiefer ein Genick
zu brechen

Wieso hätte ich sie je verlassen sollen

Mein Vater gab mir einen Namen den ich nicht wiederholen werde

Er war nicht in unserem Waldteil unterwegs sein Revier lag weiter oben auf dem Hügel

Wenn wir uns zum Wasser aufmachten sahen wir manchmal wie er um uns rumstrich und uns beobachtete damit wir nicht vergaßen ihn anzubeten auch wenn wir allein wanderten und töteten

Meine Mutter stand am Hang und schützte meinen kleinen Körper vor seinem Blick

Ich wuchs vom Katzenjungen zu meiner Größe jetzt und blieb dicht bei meiner Mutter obwohl die anderen Katzen weggingen um sich ihr eigenes Gestrüpp zu suchen und ihrer eigenen Beute nachzustellen und ihre eigenen Jungen zu machen

Mein Vater wollte mehr also wurde sein Revier größer und auf einmal waren wir mittendrin

Er kam den Hügel runter

Ich war inzwischen zu groß und meine Mutter
konnte mich nicht mehr vor seinem Blick
schützen

Sie griff er zuerst an

Für ein Junges ist ein Vater was Abwesendes

Für einen Vater ist eine ausgewachsene Katze
was Bedrohliches

Ein Wanderer sagt *Meinen einzigen guten
Therapeuten hatte ich ihn New York*

Macht Sinn sagt der andere Wanderer

Es wird viel über New York geredet in Ellej

In New York braucht man kein Auto

Autos sind laute Eisendinger die die Leute
zum Park bringen und in Schlangen und
Trauben an den Wegen stehen lassen und sie
reden ständig drüber dass man sie braucht
aber nicht in New York

Muss ich nach New York

Es hört sich an als ob alle von dort hierherkommen und als ob darum alles anders wird oder jetzt alles zu viel kostet oder alle guten Sachen an Ellej verschwinden

Ich will es andersrum machen ich will wohin gehen wo man mich nicht hasst

Wo überall Therapeuten rumlaufen wie Rehe und ich einfach einen finden und fangen und auf den Boden drücken kann

Ihn irgendwo aufheben und ein Mal in der Woche zu ihm gehen

Das ist das Ding an Ellej sagt der andere Wanderer
Vergiss das mit der Therapie hier musst du einen Schritt weitergehn hier gibt's bloß Gurus

Ihr Geruch verschwindet aus meiner Nase

Meine Mutter hat mir das Jagen beigebracht aber mein Vater hat mir beigebracht gejagt zu werden

Nach dem Angriff jagte er mich in den Sonnenuntergang

Er blieb immer oberhalb von mir damit ich
nicht vergaß wie mächtig er war

Wenn ich scheißen musste gab ich mir Mühe
es zu verscharren und keine Spur zu
hinterlassen

Wenn ich nicht wollte dass mein Vater mir
folgte konnte ich bloß auf das Brüllen vom
langen Tod zugehen

Jedes Tier hatte Angst vorm langen Tod

Sogar mein Vater

Oben auf dem letzten Hügel sah ich noch
mehr Hügel Hügel ohne Grün

Aber zwischen mir und dem Ort wo ich
hingehen musste lag der lange Tod

Der lange Tod war ein riesiger verschwommener
Weg der ein Mal ganz hoch und ein Mal ganz
runter führte und über den immer schnelle
Autos flackerten die unzählige Lebewesen
töteten

Ich tauschte alte Angst gegen neue Angst

Es fällt mir schwer in den krummen Bäumen zu schlafen weil den ganzen Tag so viele Wanderer vorbeigehen und laut reden

Sie reden drüber dass in Ellej keiner eine richtige Arbeit hat aber so wie sie die richtige Arbeit beschreiben haben sie glaub ich selbst keine

Ellej ist ein Mekka für Arbeitslose sagen sie

Um Arbeit zu finden brauchen sie Fähigkeiten

Sie sagen zueinander *Du hast so viele vermarktbare Fähigkeiten*

Ich gehe meine Fähigkeiten durch

Meine Fähigkeiten sind mich so lange verstecken dass ihr vergesst dass ich da bin

Zugucken und zuhören bis ich mir eure Angewohnheiten und eure Sprache eingeprägt habe aber

Meine Arbeit ist das Töten

Eine große Echse kriecht vorbei und ich

Haue ihren Kopf gegen einen Felsen und schlinge die Hälfte von ihr runter

Das ist auch wieder das Trauma das Trauma spricht aus dir sagt ein Mädchen am Telefon *das ist alles das Trauma*

Sie hört auf zu reden und steckt ihr Telefon in eine Tasche die sie über der Schulter trägt und als sie den Arm rauszieht flattert hinter ihr ein Stück grünes Papier auf den Boden

Ich weiß das Papier ist wichtig weil ich schon öfter gesehen habe wie es Leuten runterfällt und dann sagen sie *Scheiße* und laufen schnell hin und packen es und sagen *Das war knapp*

Das Traumamädchen macht nichts davon sie merkt nicht mal dass es runtergefallen ist und sie

geht weiter und ich warte und der Mond
taucht über mir auf

Ich springe runter und hebe das Papier mit
den Zähnen auf

Ich versuche seine Wichtigkeit zu schmecken

Nichts

Ich entscheide dass meine Leute mehr mit dem
Papier anfangen können als ich also trage ich
es zum Camp

Sie haben das Erdbeben zwar überstanden und
sie haben zwar Zelte gegen die Kälte und den
Regen und sie haben zwar Müllhaufen aber ich
will was beisteuern

Hier ist zwar ihr Camp aber wir leben alle in
Scare City

Heute Nacht ist ein Hund im Camp und ich
bleibe stehen bevor ich ihm zu nah komme

Hunde sind nicht so mein Fall

Wenn ihre Menschen mit ihnen den Berg raufkommen spüren sie immer meine Verstecke auf und bellen

Und ich kann sie nicht fressen weil der Hund den ich mal gefressen habe schon tot war und danach fühlte sich mein Inneres tagelang schrecklich an

Darum wird mir schon von dem Gedanken und dem Klang übel

Dieser Hund ist vor dem mittleren Zelt angebunden und bellt

Aber er bellt nicht wegen mir

Ich bin zu weit weg

Meine besonderen Fähigkeiten sind zu gut

Ich lasse das grüne Papier aus dem Maul fallen

Der Hund guckt in die andere Richtung

In den Bäumen hinter dem Hund sehe ich drei Augenpaare

Kojoten sind was anderes

Sie jagen zusammen und sie denken wie ich

Wenn ich sie nicht fresse kommen sie auf
Ideen sie meinen sie können mich fressen
wenn es genug von ihnen sind und genug
Bissen für alle da

Diese drei haben ihre leuchtenden Augen auf
den Hund gerichtet und sie sind bereit für
Blut

Also schleiche ich mich von hinten an sie ran
und packe einen und knacke sein Genick und
die anderen beiden rennen weg

Ich schleife den dünnen Körper zur Wasser-
pumpe und trinke aus der Pfütze und fresse
von dem Kojoten

Der Hund hört auf zu bellen

Gern geschehen denke ich zu meinen schla-
fenden Leuten

Menschen hängen an ihren Hunden

In meinem Triumph schlafe ich ein und im Schlaf träume ich und im Traum sehe ich den Mann mit der Peitsche und seine geschwollene Halsader

Die Ader wird größer als ich und größer als der Berg

Bei Sonnenaufgang bin ich so satt dass ich vergesse wegzugehen

Eine Stimme sagt *Hund tot* und dann sagt die Stimme es noch mal *Hund tot*

Der junge Mann hat eine Flasche in der Hand und er steht auf der anderen Seite von dem gefressenen Kojoten

Auf dem Boden liegt ein Eimer

Der junge Mann sagt es noch mal *Hund tot* und sein Hals zuckt und seine Stimme verändert sich und er sagt *Reichlich Tiefgaragenparkplätze vorhanden*

Als wüsste er dass mir die Sachen die ich nicht verstehe am meisten Angst machen

Er hebt die Flasche

Wäre es in Ordnung wenn ich das grüne Papier im Maul hätte statt die Kojoteneingeweide

Wenn ich was anzubieten hätte

Böse Katze

Er wirft die Flasche und sie trifft mich an der Vordertatze und ich kippe zur Seite und er läuft den Hügel rauf und die ganze Erde vom Boden schwebt in der Luft von diesem schlechten Morgen und ich gucke zu wie sie wegweht und der junge Mann bleibt stehen und guckt zu mir runter um zu sehen ob ich auch wirklich gehe

Er guckt mich an wie mein Vater

Ich gehe zu den krummen Bäumen zurück und auf dem Weg darunter sind wieder viele Menschen unterwegs

Ich bin so eine Art Dichter sagt irgendein Jungjunge zu einem anderen Jungjungen den er an der Hand hält

Wenn ich nach meinem Beruf gefragt werde sagt der Junge *denke ich sofort Dichter ich nehme nämlich nie das Offensichtliche ich gehe in die Tiefe ich will den Titel Dichter für mich beanspruchen ha ha*

Ich gucke auf ihre Hände als sie weggehen

Hände die Flaschen packen und werfen könnten aber stattdessen sind sie verschränkt und verbunden

Ich glaube ich bin so was wie ein Dichter

Denn wenn ich mal ein von der Herde zurück-
gelassenes Reh finde

Das Bein gebrochen und unter einem Felsen
eingeklemmt

Dann fresse ich obwohl ich es nicht tun sollte

Obwohl ich weiß das Fleisch verdirbt dann
schneller

Das Herz zuerst

Ich schleife mein Reh zu den krummen Bäumen
wo es verdeckt ist damit ich den Geschmack
nach Fleisch und Eisen länger auskosten kann

Das Festmahl dauert eine Woche

So lange werde ich meine Leute und ihre Zelte
und Abfälle nicht brauchen

Werde nicht zum Camp gehen müssen

Ich komme allein klar

Das Lügen fällt leicht wenn ich so satt bin

Die Ruhe versucht mich zu finden

Aber stattdessen finden mich die ununterbrochenen Stimmen von den vorbeigehenden Wanderern

Ja ich kann's kaum erwarten dich zu sehen sagt ein Mann in Drähte rein die von seinen Ohren runterhängen

Also lass uns nicht länger warten okay mit jedem weiteren Schritt mit allem was du machst wenn du aufgelegt hast und wenn du träumst rückst du näher an mich ran und ich genauso wir warten nicht wir stehen nicht rum und warten wir bewegen uns laufend durch die Zeit auf den Punkt zu wenn wir wieder zusammen sind

Mit meinen Ohren stimmt was nicht

Ich kann sie nicht zukneifen wie die Augen

Immer mehr Stimmen kommen und ich gucke gar nicht mehr woher sie alle kommen

Gegen Erdbeben sind wir nicht versichert sagen sie

Aber wir haben immer eine gepackte Reisetasche im Haus falls ein Feuer den Berg runterkommt

Sie wissen nicht wo sie sind

Sie nennen es immer anders

Ist es Ellej

Oder ist es Beachwood

Oder ist es der Canyon

Sie nennen alles eine Katastrophe

Ich starre auf die Bäume weil die Bäume nicht reden

Ist keine große Sache sagen sie aber nur bevor sie was anderes sagen

Ist keine große Sache aber am Auto muss deutlich mehr gemacht werden als gedacht

Ist keine große Sache aber er hat mich geghostet was soll's er ist hässlich und seine Freunde sind alle bescheuert

Ist keine große Sache aber jetzt musst du mir mal zuhören

Sie sagen *Ich fass es nicht wir haben schon fast den vierten und ich habe immer noch keinen Scheck von ihm gekriegt ich gucke jeden Tag in den Briefkasten* und sie sagen *Weißt du dass das die Definition von Wahnsinn ist immer wieder das Gleiche zu machen* und sie sagen *Ja aber nach der Post gucken*

Sie sagen *Ni modo* und dann sagen sie es noch mal

Sie sagen *Der Fame macht einen total fertig ich hab bloß einen Werbespot gedreht und jetzt werde ich andauernd erkannt und die Leute rufen mir Sachen hinterher ich will wieder ein Nobody sein*

Sie sagen *Ja klar ist das ein schwules Projekt alles ist neuerdings schwul alles ist neuerdings schwul es ist alles schwul alles ist neuerdings schwul*

Sie sagen *Nein ich erzähl's ihr nicht*

Ich will ihren Lärm verschlingen

Ich habe so viel Sprache in meinem Gehirn

Und weiß nicht wohin damit

Ich verbringe die halbe Nacht damit mein Reh den Hügel rauf zur Felskuppe zu schleifen

Damit ich ein bisschen Ruhe habe

Als ich oben ankomme hockt eine Eule auf dem Felsen gegenüber

Sie interessiert sich nicht für mein Reh

Das Fleisch bewegt sich schon zu lange nicht mehr

Die Eule dreht den Kopf und guckt mich an also gucke ich ihr in die Augen und ich sehe was sie sieht

Nachts sehe ich die leuchtende Welt unter dem Park ganz verschwommen wenn ich sie angucken will

Aber wenn ich nah genug an die Augen von einem Lebewesen rankomme kann ich sehen was es sieht und in den Augen von der Eule sehe ich Ellej klar und deutlich

Mehr Lichter als ich jemals zählen könnte
breiten sich in der Dunkelheit aus und hören
gar nicht mehr auf sich auszubreiten

Es macht mir Angst wie weit sie reichen

Ich verstehe wieso die Menschen sich nicht für
einen Namen entscheiden können

Das kann nicht alles Ellej sein

Mit dem Bauch voll Reh gehe ich den Berg rauf

Es sind keine Augen mehr auf mich gerichtet

Ich fühle mich beobachtet

Aus einem Busch kommt plötzlich ein surrendes Geräusch und ich halte nach einem Vogel Ausschau aber stattdessen trifft mich ein Lichtstrahl

Ich kneife die Augen zusammen und zerfetze den Busch und drinnen ist eine schwarze Kiste auf kleinen schwarzen Stöcken und sie surrt und klickt und blitzt wieder und diesmal tut es mir in den Augen weh und ich sehe nichts mehr

In der Blindheit schneidet ein kalter Wind in die Haut unter meinem Fell

Als ich wieder was sehe gehe ich wieder dicht an die schwarze Kiste ran und ich sehe meine Nase und mein Maul in dem kleinen Glaskreis und ich denke an die Menschen die ihre Telefone hochhalten und drücken und drücken

Ich mache einen Schritt zurück und warte auf den nächsten Blitz aber es kommt keiner mehr

Ich fahre die Krallen aus und haue gegen die kleinen schwarzen Stöcke und die schwarze Kiste kippt und fällt und sie springt auf wie eine Falle

Was hat sie gefangen

Ich werde vom Geruch nach leichter Beute geweckt

Was ich sehe als ich die Augen aufmache ist
nichts zu fressen

Es sind zwei langsame Menschen verdorrt und
in mehrere Kleidungsschichten gehüllt

Einer geht gebückt und der andere schwankt
und hilft ihm den Weg rauf

Es ist süß aber unappetitlich

Ich rieche ihren Tod durch den Wald auf mich
zukommen

Riechen das die Kojoten wenn sie kreisen

Hat das mein Vater an mir gerochen

Wollte er darum meinen Hals mit dem Kiefer zermalmen oder meinen Kopf auf den Boden schmettern

War ich eine Bedrohung

Oder einfach so gut wie hinüber

Meine Haut wird langsam schlaffer und an manchen Stellen verfängt sich mein Fell an Sachen und bleibt hängen wo es sich früher nicht verfing oder hängen blieb

Das macht nichts

Alt sein ist nicht schlimm

Ich bin alt weil ich nicht tot bin

Über mir explodiert was

Die Sonne ist schon untergegangen aber
dadurch kommt der Tag zurück weiß und
blendend im schwarzen Himmel wie ein
Schwarm Dreckshubschrauber

Von unten steigt Jubel auf als wäre ganz Ellej
dabei als hätten die Menschen vergessen wie
fad mein Leben ist

Und sie machen es immer und immer wieder

Mehr Explosionen und mehr Jubel und
weniger Nacht

Ich gucke runter damit mir die Augen nicht
mehr wehtun aber das Licht geht nicht weg
und jetzt knallt es auch in meinen Ohren

Ich höre den Himmel aufplatzen und um mich
rum auf den Boden fallen

Ich spüre nur Feuerangst

Es ist zu viel

Das innere Zittern ist nicht mehr auszuhalten

Ich kann nicht alles fressen wovor ich Angst
habe

Der Schrecken von dem Himmelsfeuer
bleibt mir noch tagelang im Kopf

Ich sitze einsam auf meinem Felsen wo vor
Sonnenaufgang keiner hinkommt

Zwei Männer nähern sich der Höhle unter mir
und ich gucke zu

Sie gehen mit ein paar Metern Abstand und
starren auf ihre Telefone

Und reden nicht

Das einzige Geräusch sind Schritte auf
Schotter

Am Höhleneingang bleibt einer stehen und
guckt auf das Schild und einer macht das nicht
und geht rein

Der Abstand zwischen ihnen wird größer

Als sie außer Sichtweite sind steige ich den Fels runter

Und krieche zum Höhleneingang wo ich die Männer beobachten kann und nicht gesehen werde

Ihre Telefone sind jetzt weg und einer steht dicht hinter dem anderen und beugt sich zu seinem Hals vor um reinzubeißen

Das beste Reh das ich je gefressen habe hatte ich nicht selbst getötet

Als ich so weit weg war dass mein Vater aufhörte mich zu jagen

Überließ er mich dem langen Tod mit seinem Brüllen das mit jedem Schritt von mir lauter wurde

Zuerst sah ich das Reh durch die Bäume brechen und es blieb vor mir stehen

Blieb so lange stehen dass eine andere große Katze es erwischte

Ich guckte zu und machte nichts als die andere Katze das Leben von dem Reh beendete und es zu Fleisch machte

Mit Blut an Maul und Nase und Schnurrhaaren guckte mich die andere Katze an

Forderte mich raus näherzukommen

Oder lud mich dazu ein

Ich wartete bis er einen Bissen von den Eingeweiden genommen hatte und tat es dann auch

Mein Gesicht in dem Reh vergraben und meine Augen auf ihn gerichtet

Wenn du eine große Katze triffst die ein erlegtes Tier mit dir teilt lässt du sie nicht so leicht wieder gehen

Ich gehe geduckt in den Höhleneingang und verstecke mich in den Schatten

Die Männer sind jetzt auf dem Boden

Auf den Knien und der vordere hat die Hände flach wie meine Tatzen auf den Boden gelegt

Ein heißer Geruch geht von da aus wo sie verbunden sind

Meine Augen sind voll

Ihre Bewegungen erinnern mich an das Zittern aber irgendwie sind sie deswegen nicht schlimm

Sie bewegen sich als wollte die ganze Höhle dass sie sich bewegen wie ein natürlicher Teil von der Welt

Der hintere Mann kippt nach vorn und seine Vorderseite vereinigt sich mit der Rückseite von dem anderen Mann und ihre Arme schlingen sich ineinander

Die Form die sie bilden ist wie meine Form

Sie atmen schwer aber ihre Körper sind bewegungslos und sie werden still und mein Schnurren hallt durch die Höhle

Ich bin laut

Sie werden mich sehen

Ich erinnere mich wie der Beuteteiler und ich uns jeden Tag bei seinem Reh trafen und uns zusammen die Gesichter blutig machten

Und jeder Bissen der den Kadaver kleiner machte machte auch das Brüllen vom langen Tod kleiner

Ich blieb in der Nähe und er ging irgendwohin und kam matt und hungrig zurück die Zähne gefletscht als wollte er mir irgendwelche Geschichten erzählen konnte aber nicht und sein Kauen reichte aus und ich genoss wie er Luft aus den Nasenlöchern schnaubte

Kein Reh reicht so lange wie man es gern hätte

Ich hob ihm den letzten Bissen auf und ich wartete und wartete aber er kam nicht wieder und dann wusste ich es war Zeit den langen Tod zu überqueren

Von Nahem und nicht verschwommen war der lange Tod noch schwerer auszuhalten mit seinen Lichtern und rasenden mörderischen Autos die ihre Höllenfahrt nach rechts und nach links nie unterbrachen

Die ganze Nacht schlich ich verängstigt am Rand auf und ab und forderte mich selbst raus ihn zu überqueren und als die Sonne über dem Hügel aufging sah ich den Körper vom Beuteteiler

Sein Fell überzogen mit einer Mischung aus getrocknetem Rehblut und nassem Katzenblut seinem eigenen Blut

Ich rannte schnurstracks über den langen Tod meine Füße trommelten entschlossen weil ich sterben wollte

Das hat nicht geklappt

Die Männer in der Höhle ziehen die Hosen hoch und gucken wieder auf ihre Telefone

Der hintere geht zuerst und der andere wartet kurz und geht ihm dann nach

Sie sind so in ihre Bildschirme vertieft dass mich keiner von beiden sieht

Ich gehe zu der Stelle am Boden wo die Männer verbunden waren und lege mich in die aufgewühlte Erde

Mein Körper verdreht sich in die Haltung die
der Beuteteiler im Tod eingenommen hatte

Ich frage mich wäre ich tapfer genug gewesen
und hätte den langen Tod zuerst zu überqueren
versucht

Hätte er dann meinen Körper gefunden

Oder hätten wir ihn zusammen überquert
hätten wir es dann geschafft

Ich stelle mir vor wie der Beuteteiler jetzt am
Höhleneingang erscheint

Mich umkreist als wäre ich seine Beute und
mich anspringt und sich mit mir verbindet
und die Wärme die wir zusammen machen
würden mit unseren acht Tatzen und zwei
baumelnden Teilen und vier Zahnreihen

Ich stehe auf und hocke mich hin und scheiße
und verscharre was aus mir rauskam

Wieder kommen zwei Männer und diese zwei
haben ihre Stimmen mitgebracht und die
Stimmen sagen *Mann ich will nicht dass du's*

mit ihr verkackst und sagen *Ja mein Gott sie ist so was von süß*

Sie gehen am Höhleneingang vorbei und kommen nicht rein und die Höhle ist jetzt ganz dunkel und ich fühle mich gut versteckt und ich beobachte

Sie kicken Steine rum und gehen auf und ab und stecken sich kleine Stangen in den Mund und die Stangen fangen an zu glühen und die Männer atmen Rauch aus und die Glühstangen schrumpfen

Ich kenne diese Männer

Der Mann mit der Peitsche und sein dünner Freund

Der Mann mit der Peitsche hat keine Peitsche dabei und er trägt keinen Hut und keine Jacke aber ich kenne seinen dicken Körper und ich kenne diese Halsader die ich im Kopf habe seit er sich zum ersten Mal in Reichweite von meinen Zähnen gebeugt hat

Das ist deine Chance du kannst mit Allison Pfannkuchen essen gehn sagt der dünne Freund zu dem Mann mit der Peitsche

Sie will nun mal Pfannkuchen essen was soll ich sagen sagt der Mann mit der Peitsche

Sie werden sich nicht verbinden

Ich folge ihnen den Weg lang und sie kommen zu den Bäumen beim Camp

Frag sie einfach wenn wir zurück sind sagt der dünne Freund *Warte mal ich muss pissen*

Der dünne Freund duckt sich zwischen die Bäume und lässt den Mann mit der Peitsche allein

Ich gehe näher ran und der Mann mit der Peitsche streckt die Arme über den Kopf und spuckt auf den Boden und in seiner gestreckten Haltung sieht er verwundbar aus

Aber der dünne Freund kommt rausgerannt und sagt *Scheiße vergiss es* und der Mann mit der Peitsche sagt *Was* und der dünne Freund sagt *Da drin ist ein ganzes du weißt schon so ein*

Lager und er zeigt durch die Bäume dorthin wo die Zelte vom Camp sind

Scheißdreck sagt der Mann mit der Peitsche *diese verschissenen Zelte sind jetzt überall Mann echt nicht mal meine Straße ist mehr sicher*

Und der dünne Freund sagt *Ja Julia will gar nicht mehr zu Fuß zu mir kommen die nehmen den ganzen Gehweg in Beschlag* und der Mann mit der Peitsche sagt *Das ist doch ein Scheißdreck so viel Miete wie wir zahlen*

Sie hören auf zu reden und der Mann mit der Peitsche zieht ein kleines Metallkästchen aus der Tasche und hält es hoch

Okay denen zeig ich's sagt er *Kein Scheiß guck's dir an*

Er schnippt das Kästchen auf und es macht Feuer

Noch eine Waffe

Er geht mit der Waffe zum Camp

Ich kauere mich hinter einen Baum und der dünne Freund geht ein Stück zurück bis er ganz in meiner Nähe steht und sagt *Was*

Der Mann mit der Peitsche dreht sich um und sagt *Pssst* und er geht zu dem Müllhaufen bei den Zelten und er macht das Feuer und hält es an den Müll und der Müll wird auch zu kleinen Feuerstücken

Er duckt sich und geht zu der Pappe vor dem Zelt von dem jungen Mann und macht wieder das Feuer aus seinem kleinen Metallkästchen und die Pappe leuchtet hell auf

Der Mann mit der Peitsche macht das Kästchen zu und läuft schnell zu dem dünnen Freund

Die räuchern wir aus sagt der Mann mit der Peitsche und klopft dem dünnen Freund auf den Rücken und sie gehen weg und machen nervöse Lachgeräusche

Hahahaha

Ich gucke zu wie das Feuer an den Zelten leckt und ich höre wie meine Leute aufwachen

Das Paar in der Mitte macht gedämpfte Geräusche

Ein Funke springt auf das Gestrüpp unter einem Baum und die Flammen steigen auf und machen alles hell

Das ist eine große Sache

Die Frau von dem Paar schießt mit ihrem Hund aus dem Zelt und der Mann kommt nach und wirft ihr einen Rucksack zu und sie dreht sich um und guckt in die Flammen und der Mann geht zu dem linken Zelt und zieht den alten Mann raus und der alte Mann taumelt rückwärts und lehnt sich hustend an einen Baum gleich neben mir

Die Frau ruft *Santo* und sie hebt einen Eimer vom Boden auf und wirft ihm den Eimer zu und er fängt ihn und läuft den Hügel rauf zur Wasserpumpe

Der Hund läuft bellend an mir vorbei bis er außer Sichtweite ist und sie versuchen nicht ihn einzufangen

Die Frau wedelt mit der Hand vom Kopf zum Herz und von Schulter zu Schulter

Die Pappe am rechten Zelt brennt schnell und das Feuer verschlingt das Zelt von dem jungen Mann und als er rauskommt stehen seine Beine und sein Arm in Flammen

Der alte Mann und die Frau bewegen sich nicht also bewege ich mich

Ich gehe an ihnen vorbei und auf das rechte Zelt zu und ich springe den jungen Mann an und stoße ihn um sodass er auf den Rücken fällt und ich schlage mit den Tatzen auf den Stoff von seiner Jacke wo das Feuer ist und lösche es und ich packe seinen Kragen mit den Zähnen und schleife ihn von der Pappe weg und die Pappe ist fast verbrannt und das Zelt besteht nur noch aus Flammen und ich schlage wieder mit den Tatzen zu diesmal gegen seine Beine und ein Feuer geht aus und das andere nicht und sein Mund ist offen wahrscheinlich schreit er aber ich höre nur das Prasseln von brennenden Bäumen und es ist heißer als ich aushalten kann

Ich will nicht dass meine Geschichte hier aufhört

Ich drehe den jungen Mann aufs Gesicht und dann wieder auf den Rücken versuche sein Bein mit Erde zuzudecken

Irgendwas trifft mich

Der alte Mann wirft noch einen Stein und dieser trifft den jungen Mann aber ich sehe dass er auf mein Gesicht zielt

Die Frau schreit *Aguas* und sie hebt einen großen Ast auf und macht einen Schritt nach vorn und sticht mit dem Ast auf mich ein und noch ein Stein von dem alten Mann streift mein Ohr

Der Mann kommt zurück den Eimer in den Armen und als er mich sieht lässt er ihn fallen und Wasser schwappt raus und Tränen schießen ihm in die Augen der Eimer ist so klein und die Flammen haben schon fast unser ganzes Camp zerstört

Der Ast und noch mehr Steine kommen durch den Rauch auf mich zu und ich spüre wie

einer fest gegen meine Wirbelsäule prallt und
wegspringt

Das Feuer an dem jungen Mann ist jetzt aus
aber er schreit vor Schmerzen

Ich steige von ihm runter und renne von
meinen Leuten weg

Weg von ihrem Schicksal und auf die Lichter
von einem größeren zu

Die Flammen steigen zu den Spitzen von den
Bäumen hinter mir auf und die Hügel vor mir
spiegeln das Leuchten wider und sie könnten
genauso gut selbst brennen

Das Feuer ist die einzige Zukunft

Der Brand ist hinter mir aber der Rauch ist überall

Ohne die Sonne oder den Mond weiß ich nicht wann der Tag aufhört oder die Nacht anfängt

Ich weiß nicht wie lange ich schon weglaufe

Laufe nicht renne weil ich nicht mehr sehe was genau vor mir ist und mich selbst nicht sehen kann

Ich könnte irgendwas anderes sein ich könnte ein Reh oder sogar ein Mensch sein

Aber kein Vogel ein Vogel könnte über den Rauch aufsteigen

Ich kann nicht singen

Meine Lungen sind voll mit Hässlichkeit

Ich gucke runter und da sind keine Tatzen

Ich könnte jederzeit von einer Klippe fallen

Ich glaube so habe ich mich schon immer
gefühlt

Der Rauch macht es klar

Heute morgen oder gestern

Ich bin völlig leer

Mein Hunger vereinigt sich mit meinem
Husten und ich gehe von Laufen zu Kriechen
über

Stimmen kommen durch den Rauch zu mir

Ach es geht ihm viel schlechter sagt eine Stimme
seit der Wahl sitzt er rund um die Uhr vorm
Fernseher nur Sssie Enn Enn von morgens bis
abends und weißt du er tut so als würde es ihn
aufregen aber ich glaube er liebt es er liebt die
ganzen Witze und den Hass und das Chaos ich
meine ich glaube insgeheim oder weißt du auf so
eine unterdrückte Art liebt er den Typ weißt du
und er liebt die ganze Berichterstattung

Ja sagt eine andere Stimme *er will den Präsi-*
denten ficken

Ich weiß diese Stimmen sind eine Erinnerung und kein Jetzt

Ich habe das Gefühl es lohnt sich nicht sich zu bewegen und ich höre auf und lege mich hin mit meinem Nichtkörper und warte drauf dass sich was dass sich irgendwas verschiebt

Die Erinnerungsstimme verschwindet und der Rauch bleibt und ich mache die Augen zu

Ich stelle mir die Männer in der Höhle vor aber sie stehen in Flammen und ich renne vor ihnen weg

Heute morgen oder gestern

Der Wind ändert die Richtung und ich kriege
meinen Körper wieder

Ich setze eine Tatze vor die andere

Im Verbrannten aber im Freien bin ich das
einzige Lebewesen das noch lebt

Ich komme an eine Lichtung und da ist
eine ausgebreitete karierte Decke und ein
umgedrehter Korb

Sachen die fliehende Menschen zurückgelassen
haben

Der Korb ist leer

Ich wühle in einem umgefallenen Mülleimer
in der Nähe aber da ist nur Plastik und noch
mehr Plastik

Es liegt auch auf der Erde

Ich weiß nicht genau wie es geht wieder einen
Körper zu haben nachdem ich ihn verloren hatte
und mein Verlangen strömt in alle Richtungen

Es ist langsam und ausgehungert und will sich
verbinden

Ficken

Ein Stück den Hügel runter von der Lichtung
ist eine Straße und nicht weit von der Straße weg
ist ein riesiges rundes Zelt ohne Seiten

Darunter sehe ich Tiere

Ich gehe näher ran und die Tiere sind erstarrt

Nicht aus Angst

Vor mir

Sondern weil sie unecht sind

Sie sind angemalt und hart und im Kreis
aufgestellt

Ein Reh und ein weißes Pferd mit einem
Horn und eine große Katze mit einem feurigen
Haarwirbel um ihr aufgerissenes Maul rum

Sie sind alle aufgespießt und ich gehe und
stelle mich zu ihnen und warte drauf dass ich
selbst aufgespießt werde

Dass die Stange von oben runterstürzt und
mich durchbohrt und mich festhält

Mir einen Sinn gibt

Es ist mitten am Tag und ich stehe mitten auf
einem Feld und fühle mich nicht ungeschützt

Welcher Mensch würde eine verbrannte Welt
betreten

Ich folge der Straße und freue mich über die
Totenstille von einem Park in dem nichts mehr
fliegt und schreit

Bis mich ein Geräusch stehen bleiben lässt

Leise aber beängstigend

Ein unendliches Brüllen das ich nie vergessen könnte

Noch ein langsamer Tod

Ich hocke mich neben einen Baum und warte drauf dass die Sonne in meinem Rücken untergeht damit ich sicher bin dass ich in die richtige Richtung gehe und ja ich gehe in die richtige Richtung und das heißt der Park hat ein Ende und es gibt kein Entkommen mehr

Ich kann nicht noch mal auf die andere Seite

Ich werde nicht mit leerem Bauch sterben

Was würde das bringen

**Heute Nacht kann ich so viele Tiere riechen
dass es mich wütend macht**

Ich musste bloß ein Stück den Hügel runter-
gehen um sie zu wittern

Ich gehe nie wieder in Richtung
Sonnenaufgang

Oder Sonnenuntergang

Und zu den Bergen geht es aufwärts also führt
mich meine Nase in die einzige übrige
Richtung

Und sie führt mich zu dem strengen Geruch
und zu einer Mauer aus Eisenstangen die
höher reichen als mein Kopf gucken kann

Ich erwarte dass die Tiere die ich rieche hier
auch aufgespießt sind

Lebendig diesmal nicht unecht lebendig und dass sie Blut verlieren das ich von dem Eisen lecken und lecken kann

Stattdessen sind die Stangen sauber und ich passe nicht dazwischen durch

Ich gehe oben auf einen Bergkamm wo die Stangen aufhören und springe runter auf einen harten Weg zwischen komischen Bäumen Bäumen wie sie auf der anderen Seite von der Mauer nicht wachsen

Das Geheul fängt an

Jetzt können mich die Tiere zurückriechen

Ich sehe eine tiefe Wasserpfütze und renne hin and strecke die Zunge zum Lecken raus

Aber meine Zunge und mein Gesicht werden von einer harten Mauer gestoppt

Einer Mauer durch die ich gucken aber nicht gehen kann

Ich schmecke bloß die verschmierten Fingerabdrücke von Menschen

Im Wasser auf der anderen Seite winden sich
behaarte Tiere

Ängstliche Körper die nicht wissen dass ich
nicht an sie rankomme

Ich drehe mich um und folge dem Weg und
pralle wieder gegen eine durchsichtige Mauer

Hinter dieser stützt sich ein Gottschatten auf
ein gebrochenes Glied

Die Flügel weiter ausgebreitet als drei Geier
zusammen

Der Gottschatten schlägt mit den Flügeln und
ich bete dass er fliegt und irgendwas Totes
findet und darüber kreist und mir zeigt wo es
verrottet ich bin so ausgehungert ich würde
das fauligste und toteste Ding fressen

Der Vogel guckt hoch und in seinen Augen
sehe ich ein Netz das sich straff über den
Nachthimmel spannt

Es endet nirgends

Wo bin ich hier

Alle zehn Schritte stehe ich vor einem neuen Netz oder einer neuen unsichtbaren Mauer und irgendwo dahinter ist ein neues Tier und wenn ich vorbeigehe kreischt oder raschelt es

Meine Sinne kommen nicht mehr mit

Ich springe auf eine niedrige Steinmauer und rieche was wie ich aber nicht wie ich

Ich gucke in diesen neuen Bereich runter und da ist kein Netz und keine durchsichtige Mauer es geht bloß tief runter

Da sind Katzenaugen an einem kleinen Wasserlauf unten und die Augen begegnen meinen Augen und schätzen meine Kraft ab

Diese große Katze hat Streifen die an ihrem Körper hoch und runter gehen wie Kratzspuren als wäre sie zerfetzt worden

Wasser tropft ihr aus dem Maul und sie fordert mich raus runterzuspringen und zu trinken

Ich kenne diesen Blick es ist der Blick mit dem mich ein Kojote anguckt wenn er weiß andere

Kojoten verstecken sich im Gestrüpp oder
kreisen hinter mir

Ich lasse den bösen Blick von der großen Katze
hinter mir

Viel Spaß in deiner Falle

Ich zeige dir ein Raubtier

Hinter einem trüben grünen Teich von dem
nicht mal ich trinke wittern meine Nasenlöcher
einen unwiderstehlichen Geruch

Klein und krank und ängstlich

Drei von meinen liebsten Geschmäckern

Ich springe über eine andere Mauer und dieser
Bereich ist nicht so tief also falle ich auf den
Geruch zu

Was Dickes Pelziges Graues klammert sich
an einen Baum und streckt seine komische
kleine Zunge raus und bevor sein Schrei
meine Ohren trifft treffen meine Zähne seinen
Hals und ich zerre es auf den Boden und
beende sein Leben und meinen Hunger

Jeder Bissen schmeckt schlecht

Der Körper wird langsam zu Knochen und jetzt bin ich allein

Scheinwerferlicht trifft neben mir auf den Boden auf und das Blut an meinen Tatzen schillert und ich würge

Menschen sind unterwegs

Sie werden nicht verstehen

Menschen müssen nicht töten wie ich töten muss

Ich springe so hoch wie mein vollgefressener Körper es zulässt und ziehe mich auf die Mauer hoch

Eine Stimme schreit *O Gott Kiki*

Eine Frau mit einer Kappe geht unten durch ein Tor und winkt einen Mann rüber

Sie stehen da und gucken auf die Knochen die ich hinterlassen habe und die Frau sagt zu den Knochen: *Arme Kiki*

Tut mir leid Kiki

Sie hätten dir keinen Namen geben sollen

Der Mann zeigt auf mich und mir fällt ein dass ich sichtbar bin

Vom Rennen tut mir der Kopf weh aber ich renne

Überall um mich rum schreien Leute

Noch mehr Namen

Ich renne auf die Lichter von Ellej zu

Sogar wenn ich weggehe kommt der Park mit mir

Der verbrannte Geruch bleibt in meinem Fell und in meiner Nase und die Bäume gehen weiter und teilen sich bei der Straße mit den Kurven und wachsen auf einer Seite hoch und ich entscheide mich für das meiste Grün und drücke mich an die Hecken und versuche schnell zu sein

Hier gibt es Gebäude die viel größer und stärker sind als die Zelte im Camp und ihre Türen sind hart nicht weich

Sie gehen hoch und hoch fast so hoch wie Bäume

Ich höre ein Auto kommen und verschwinde in einer dichten Hecke

Zwei Männer steigen aus dem Auto und machen Lärm mit langen Stöcken die in wirbelnden Klingen wie winzige Dreckshubschrauber enden und sie stehen auf der anderen Straßenseite

Und ziehen die Klingen an den Hecken lang und kleine grüne Stückchen fliegen durch die Luft

Es ist so grün hier

Wie

Ich wühle mich tiefer rein falls die Männer ihre Hecke sattbekommen und meine in Angriff nehmen

Machen sie aber nicht

Als das Wirbeln weggeht gucke ich raus und sehe zwei kleine Wanderer

Einen Mann und eine Frau die ich aus dem Park kenne

Auf dem Weg den Hügel rauf steigen sie über die Riesenwurzeln die aus dem Boden kommen

Kapieren die nicht dass der Park nicht mehr sicher ist

Sie bleiben vor mir stehen als hätten sie meine Gedanken gehört als hätten sie meine Warnung gehört

Weißt du wer hier wohnt sagt die Frau und sie zeigt auf das Gebäude auf der anderen Straßenseite hinter der gestutzten Hecke *Das ist Slaughters Haus*

Der Mann trinkt einen großen Schluck aus seiner Wasserflasche und sagt *Ach du Scheiße echt ich liebe Slaughter oder na ja früher jedenfalls er ist so ne Art Legende*

Ja sagt die Frau *aber seine Frau ist jünger als du*

Widerlich sagt der Mann

Ja widerlich sagt die Frau *aber voll typisch*

Sie gehen weiter den Hügel rauf auf die Gefahr zu und ich kann nichts machen um sie aufzuhalten

Ich gucke zu dem Haus auf das sie gezeigt haben

Der Name Slaughter hört sich gut an

Wie was was ich machen könnte

Wie was wo ich hingehöre

Ich döse bis zum Abend und wache auf als ein Auto zum Leben erwacht und von Slaughters Haus wegfährt

Seine Lichter blenden mich kurz und als ich wieder was sehe überquere ich die Straße und krieche durch die gestutzte Hecke und in das dichte grüne Gras

Wasser spritzt aus kleinen Löchern im Boden und ich trinke bis ich noch ein Auto höre

Ich renne um das Haus rum in einen noch größeren Bereich mit Gras auf der Rückseite

Als ich ankomme sehe ich eine junge Frau in einem Umhang auf den Knien angeleuchtet von einer blauen Laterne in einem Kreis von glitzernden Steinen und sie hat eine Schale

in der Hand und die Schale stößt Rauch in
die Luft

Sie stellt die Schale vor sich auf den Boden
und senkt den Kopf sodass der Umhang alles
bedeckt außer ihren langen Haaren und ihre
langen Haare breiten sich aus und lecken am
Gras wie eine Flamme

Es ist eine Farbe von der ich bis jetzt dachte
ich könnte sie nicht sehen

Sie lässt den Kopf gesenkt und ich schleiche
mich vorbei und drücke mich an die Hausecke

Ich höre sie flüstern

Hinter einer anderen Hecke finde ich ein
Loch in dem harten grauen Stein wo ein Stück
fehlt und es ist gerade groß genug für meinen
Körper also quetsche ich meinen Körper rein

Ich muss den Kopf unten halten aber ich
rieche Mäuse und ich krieche über die Erde
auf ihren Geruch zu und auf das trippelnde
Geräusch

Eine Maus und ein Haufen Babymäuse rennen
auf mein Maul zu und mein Maul frisst sie

Mit vollem Bauch bewege ich mich weiter und
je weiter ich unter dem Slaughterhaus komme
umso stärker fällt die Erde ab und umso größer
wird der Platz über mir

In noch einer Schicht von grauem Stein ist noch
ein ichgroßes Loch und auf der anderen Seite
davon kann ich aufrecht stehen

Der Boden fällt zu einer Rinne ab und am Rand
von der Rinne ist eine Mauer und auf der Mauer
ist eine Holzplattform mit einem Holzgeländer
und einer Tür und hinter der Tür ist Licht

Ich lasse alles auf mich wirken

Es ist mein erster Raum

Auf einer Seite von der Rinne ist ein tropfendes
Rohr und es gibt mir so viel Wasser wie ich will

Es kommt mir vor als würde ich tagelang
schlafen an diesem dunklen sicheren Ort wo
die Sonne nicht aufgeht oder untergeht

Verwirrte Mäuse kommen aus der Außenwelt
zurück und rennen durch den niedrigen
Raum und in meine Rinne und noch bevor sie
mich sehen sind sie zwischen meinen Kiefern
gefangen

Noch nie war was so einfach

Ich vergesse den Geruch von dem brennenden
Wald

Mein Fell riecht wieder nach Erde

Meine Ohren hören das Tropfen und das
Klicken von Käfern und dann hören sie
Schreie

Oben irgendwo die tiefe Stimme von einem
Mann

Das muss Slaughter sein

Ich gehe durch das Loch wieder in den
niedrigen Raum wo mein Kopf die Oberfläche
über mir berührt und meine Ohren dicht
an der Hausinnenseite sind und die Stimme
wird klar

Von einem Fußboden gedämpft ist die richtige Lautstärke für Menschen

Es ist alles gut gelaufen sagt Slaughter *sie wollen sie bloß ein paar Tage dabehalten bis sie wissen dass ihr Körper noch richtig funktioniert*

Ich höre kurz zu wie Slaughter zuhört

Ja ich meine klar ihm geht's gut er lebt er ist ein Baby

Ich folge dem Geräusch von Slaughters Schritten bis zum Rand von dem niedrigen Raum

Slaughter haut gegen eine Wand und sagt einen kurzen Namen

Ich höre noch eine Stimme und etwas an dieser anderen Stimme klingt ein bisschen wie Slaughter aber höher und jünger

Wie ein kleines Slaughter

Die Stimme sagt *Dad* und sie sagt es so wie die meisten Leute *Nein* sagen

Ich rolle mich zusammen und lasse die
schallenden Schreie zu meinem Schlaflied
werden

Das sind meine neuen Leute

Sie wissen es nicht

Sonnenlicht aus dem Loch im Boden von dem Haus

Darum weiß ich dass Tag ist

Slaughter schreit weiter

Menschen sind laut am Tag und leise in der Nacht

Ich drehe mich auf den Rücken und höre zu wie Slaughter auf dem Fußboden über mir im Kreis geht und ohne es zu sehen weiß ich dass er telefoniert weil er klingt wie alle im Park wenn sie das Telefon an den Kopf halten oder in ihre Drähte sprechen

Nein uns geht's gut das Haus liegt nicht im Gefahrenbereich und es ist eh gelöscht sagt Slaughter *aber hast du gesehen sie haben rausgefunden dass das Feuer in einem Obdachlosenlager ausgebrochen ist*

Slaughter hört auf zu reden und ich höre das Geräusch von einer Flasche die auf Eisen schlägt und dann sagt er *Das kommt dabei raus wenn wir die einfach da oben hausen lassen und keiner was unternimmt*

Seine Stimme hält mich wach

Aber Slaughter tröstet mich

Wenn die Mäuse ausgehen kann ich immer noch ihn fressen

Das Licht verschwindet aus dem Loch und ein Opossum kommt und macht was Opossums machen

Ich packe es und mache es zu meinem und zerre es zu meiner Rinne und schlage meine Zähne in seine Mitte

Es schmeckt einigermaßen aber die schweren Schritte und das Türenschlagen oben lenken mich vom Fressen ab und ich gehe zurück in den niedrigen Raum

Slaughter sagt *Okay ich fahr zum Krankenhaus letzte Chance* und dann fragt er *Du kommst nicht mit*

Slaughter sagt *Gut dann bleibst du eben hier*

Slaughter sagt *Bleib hier*

Eine Tür knallt und dann knallt noch eine Tür

Die Stimme von einer Frau strömt durch den Fußboden

Keine echte Frau nein eine Frau in einer Aufnahme die singt zu Musik und Stampfen

Sie singt *Living alone is all I've ever done well*

Ich gehe wieder zu meinem Opossum
aber bevor ich reinbeißen kann passiert was Größeres

Die Tür über mir geht auf

Ein Rechteck aus Licht trifft meine Rinne

Ein Mensch tritt auf die Holzplattform mit einer kleinen Stange im Mund

Die kleine Slaughter atmet Rauch aus und der Rauch erfüllt die Luft über mir und verhüllt ihr Gesicht

Ich sehe bloß die Flammenhaare aus dem Garten

Sie trägt keinen Umhang mehr bloß ein großes T-Shirt

Als sich die Wolke verzieht guckt sie genau in meine Richtung

Mein ganzes Leben lang haben mich bloß ein paar Menschen gesehen und jedes Mal haben meine Heimlichkeit und die Lehren von meiner Mutter versagt

Aber dieser Moment ist nicht so wie die anderen

Mein Blick begegnet ihrem und ich fühle mich nicht schuldig weil ich gesehen werde

Es liegt nicht mal ein Hauch von Angst in der Luft

Ich habe dich beschworen sagt die kleine Slaughter

Und in unseren Augen fühlt es sich richtig an

Bleib sagt die kleine Slaughter und ich tu es

Sie geht wieder durch die Tür und kurz danach hört die Musik auf und mir wird klar dass ich drauf warte dass sie zurückkommt

Sie kommt zurück und hat eine Handvoll von einer zerhackten Masse dabei und sie wirft mir die Masse hin

Ich lasse mein Opossum liegen und gehe zu der Masse und rieche dran und es ist Fleisch und ich lecke dran und es schmeckt

Hier Heckatte sagt die kleine Slaughter und dann sagt sie *Igitt*

Sie wischt sich die Hand am T-Shirt ab

Ich bin Veganerin sagt die kleine Slaughter *oder ich versuch's zumindest*

Ich gucke sie beim Fressen an

Sie soll wissen dass ich dankbar bin

Brave Heckatte sagt die kleine Slaughter *Ich bin so froh dass du da bist*

Sie kniet sich hin und guckt zu wie ich kaue und dieses nicht gejagte Fressen ist zu leicht

Ich liebe es

Zeit vergeht und ich höre Slaughter reinkommen und schreien und wieder rausgehen

Und als er wieder rausgeht kommt mich die kleine Slaughter besuchen

Guten Morgen Heckatte sagt sie und sie wirft mir Fleisch hin

Ihr tägliches Opfer

Sie hält mir eine große Wasserflasche hin und schüttet was raus und ich gehe zu dem Tröpfeln und fange die Flüssigkeit mit dem Maul auf und die kleine Slaughter lächelt und hört nicht auf zu schütten bis die Flasche leer ist und während der Behälter meinen Durst löscht verstehe ich wieso die Wanderer welche mitnehmen

Ich versuche das Wort *Heckatte* zu begreifen das sie immer wieder sagt und als sie mich ein paar Tage gefüttert hat wird mir klar dass sie mir einen Namen gibt

Heckatte

Das ist in Ordnung

Meinen richtigen kann ich ihr nicht sagen

Meine Mutter hat ihn mir gegeben als sie zum ersten Mal sah wie ich mir Blut von den Lippen leckte

Er ist nicht aus Geräuschen die Menschen machen können

Jetzt wo ich unbegrenzt Wasser habe
beschließt der Himmel zu regnen

Ich gucke zu wie der Regen durch die Ritzen
in dem niedrigen Raum fällt und die Erde
unter mir wird zu Schlamm und kleine Bäche
entstehen

Jetzt wo ich keinen Durst mehr habe hasse
ich das Wasser und ich verlasse den niedrigen
Raum und als ich zu meiner Rinne komme
sehe ich wie die Bäche in sie reinlaufen

Meine Tatzen werden nass und dann werden
die Beine über den Tatzen nass und dann
werden mein baumelnder Teil und die Unter-
seite von meinem Bauch nass

Jedes Mal wenn ich mich trocken schüttle
strömt mehr Wasser rein

Ich schlage die Tatzen in die Ränder von der
Rinne aber ich kann mich kaum festhalten und
jede neue Bewegung fühlt sich nutzlos an

Wo war dieses Wasser als wir es gebraucht haben

Als es hätte helfen können

Meine Tatzen erwischen eine trockene Stelle und
ich ziehe mich aus der Rinne

Das Gewicht von dem Wasser in meinem
Fell macht mich müde und ich suche mir die
trockenste Ecke und rolle mich zusammen
und lasse mich von dem Rhythmus von den
Tropfen einschläfern

Ich wache auf weil ich ertrinke

Das Wasser reicht mir bis über den Kopf und auf dem Boden gibt es keine trockenen Stellen mehr

Ich stoße mich von der Wand ab und rolle mich auf den Rücken und treibe und stoße Wasser aus der Nase aus und hole schnell Luft aber ich bin zu durchweicht um an der Oberfläche zu bleiben und das Durchweichte zieht mich auf den Boden von dem Raum

In dem dunklen Wasser sehe ich das Loch in dem niedrigen Raum und es ist auch unter Wasser

Es gibt keinen Weg nach draußen

Ich denke an die Lebewesen die ich schwimmen gesehen habe und versuche ihre Bewegungen mit den Vorderbeinen nachzumachen

Das Wasser plätschert aber ich steige nicht nach oben

Bei jeder rudernden Bewegung denke ich an jede schlechte Entscheidung die mich hierhergebracht hat

Ich sehe meine Mutter bewegungslos neben meinem Vater liegen und ich sehe den Beuteteiler bewegungslos neben dem langen Tod liegen und ich sehe meinen eigenen Körper bewegungslos in dem hohen Wasser liegen

Mit dem letzten Atemzug denke ich das Wort Bitte

Lass mich neu anfangen

Ein harter Gegenstand stößt mir gegen den Rücken und ich ziehe mich mit den Krallen drauf

Ein Holzbrett das wie eine Rampe zu der Plattform und dem Geländer oben aufsteigt

Ich mache drei Schritte und springe auf die Plattform und stoße die kleine Slaughter um und sie lässt das Brett los

Ich ducke mich zusammen und huste Wasser aus und die kleine Slaughter sagt *Schsch* und sie packt mein nasses Fell *Schsch alles gut Heckatte ich bin da*

Sie nimmt mich mit in einen langen dünnen Raum und in ein helles Zimmer und sie legt ein weiches Tuch auf den Boden und wickelt mich darin ein und rollt mich auf den Rücken und alles ist verschwommen als wäre mein Kopf noch unter Wasser

Ich sehe nur das große T-Shirt von der kleinen Slaughter

Darauf ist ein gelbes Tier mit einem langen Hals und ich strecke die Tatze aus und berühre das Tier

Die kleine Slaughter sagt *Ach das ist bescheuert ich hab's von einer Freundin zum Geburtstag gekriegt*

Sie hält meine Tatze und bewegt sie langsam über die Schrift unter dem Tier mit dem langen Hals und sie sagt *Da steht* und dann sagt sie mit der Stimme mit der Menschen laut vorlesen langsam zu mir

Nicht alle Giraffen sind echt

Es hört auf zu regnen sagt die kleine Slaughter

Ich bin jetzt ganz trocken und versuche aufzustehen und es geht

Die kleine Slaughter sagt *Tut mir leid dass du da unten in dem Keller sein musstest ich weiß nicht mal wozu der da ist den gibt's nur weil das Haus an den Hügel gebaut ist aber jetzt bist du hier das hier ist unser Platz*

Meine Augen sehen wieder normal und ich gucke mich in dem Raum um gucke auf den weichen Boden die Farbkleckse an den Wänden und das Grün vor den großen Glasscheiben

Die kleine Slaughter sagt *Dad kommt hier nie rein*

Auf der anderen Seite von dem Raum ist noch eine große Katze

Ah sagt die kleine Slaughter und sie geht zu der Katze und ich folge ihr und die Katze kommt näher

Wir kommen an eine harte Wand und ich sehe es gibt die kleine Slaughter zweimal und ich drücke mein Gesicht gegen die harte flache Katze

Das ist bloß dein Spiegelbild sagt die kleine Slaughter

Da ist so viel mehr von mir als die Nase und das Maul die ich in den schwarzen Bildschirmen von fallen gelassenen Telefonen sehe

Ich kann mich nicht berühren

Die kleine Slaughter bringt eine Schachtel mit komischem Sand drin rein und stellt sie in die Ecke und sagt *Da drin kannst du dein Geschäft machen*

Ich weiß nicht was sie meint aber ich versuche mein Glück und pisse und scheiße in den Sand und verscharre es und das ist es was sie will und sie geht mit der Schachtel aus dem Zimmer und bringt sie sauber zurück

Das war für meinen Kater sagt die kleine Slaughter *aber der ist vor zwei Jahren gestorben und Dad lässt mich keinen neuen kaufen weil Beth gegen ungefähr jedes Tier allergisch ist*

Die kleine Slaughter zeigt mir ihr Sofa und sagt mir dass es jetzt mein Sofa ist und ich hüpfe drauf und es hat genau meine Größe

Sie redet und ich höre zu

Sie erzählt mir von Sehnsucht

Die meisten neuen Wörter kriege ich von ihr

Sie macht einen Kreis aus glitzernden Steinen
um mein Sofa und kniet sich hin und füttert
mich von der ausgestreckten Handfläche und
nennt mich ihre Göttin

Wenn du das Gefühl hast du bist allein auf der
Welt

Such dir jemanden der dich anbetet

Die kleine Slaughter schläft in der Nacht und ich schlafe am Tag also wachen wir übereinander

Den größten Teil von ihrer Wachzeit verbringt sie am Telefon

Lacht in sich rein und drückt mit den Fingern auf die Oberfläche

Sie hält mir den Bildschirm vors Gesicht und sagt *Guck mal Heckatte ich hab ein Bild von dir gefunden du bist berühmt*

Ich gucke und es ist bloß eine verschwommene helle Fläche

O Mann sagt die kleine Slaughter *so ein Typ schreibt mir die ganze Zeit er meint bloß weil wir uns seit dem Abschluss dreimal über den Weg gelaufen sind wären wir füreinander bestimmt*

oder so aber ich glaube nicht an Zufälle der kann mich am Arsch lecken

Sie wirft das Telefon weg und ich gehe es für sie holen und sie lacht und sagt *Lass liegen*

Ich gucke wieder auf das Bild

Das kann nicht ich sein es hat keinen Geruch

Ich glaube keinem Bildschirm der mir sagt wer ich bin

Tut mir leid Heckatte sagt die kleine Slaughter die mich mit einem Apfel füttert weil ich schon genug Äpfel gefressen habe

Dad war nicht einkaufen weil er andauernd im Krankenhaus ist mir geht einfach das Fleisch aus

Sogar hier sind wir noch in Scare City

Morgen kommen sie mit dem Baby nach Hause sagt die kleine Slaughter und so wie sie das Wort *Baby* sagt frage ich mich ob sie mir nächstes Mal das Baby zum Fressen anbietet

Sie sagt *Was soll's ich bin eh bald weg und Dad wird sich freuen und Beth wird ausrasten vor Freude die können hier einfach die Zeit mit ihrem Baby genießen*

Ich rolle mich auf dem Sofa auf die Seite und sie setzt sich zu mir und streicht mir über den Kopf wie die Parkmenschen ihren Hunden

Bin ich ein Haustier

Sie sagt *Nächsten Monat fahre ich zum Fotografieren nach Santa Feh da gibt's viele Hexen in der Wüste und ich kann's nicht erwarten so weit wegzukommen wie's geht und dann arbeite ich an der Grenze und fotografiere was da wirklich abläuft aber mein Spanisch muss noch besser werden*

Sie sagt mir spanische Wörter

Denada

Gato

Agua

In meinem Kopf ist es alles Menschsprache

Die kleine Slaughter sagt *Du kannst mitkommen du kannst Eis essen*

Als sie schläft sehe ich ein Paar kleine Augen in der Dunkelheit draußen

Eine Katze

Ich kann sie nicht riechen aber ich sehe Blut an ihrem kleinen Maul von frisch erlegter Beute

Die Katze guckt ins Zimmer und in mich rein

Als würde sie fragen wieso ich nicht draußen jage wieso ich drinnen bin

Wieso dieser Mensch nicht meine Beute ist

Mein Maul klafft auf und ich kann das Blut in der kleinen Slaughter hören

Sie wacht auf und steht auf und die Katzenaugen verschwinden

Sie fragt ob ich es bequem habe

Dieses kleine Wort

Ja

Und Nein

Ich lecke mir die Tatzen und die kleine
Slaughter liest mir aus ihrem Telefon vor

Fakten über Großkatzen

Sie sagt *Wegen den Menschen werdet ihr immer stärker voneinander isoliert*

Sie sagt *Tut mir leid*

Sie liest *In Gefangenschaft kann chronischer Stress zu niedrigen Reproduktionsraten führen*

Sie streicht mir über den Rücken und erzählt
mir von meinem charakteristischen Genickbiss

Ich fühle mich mehr als je zuvor wie ein
Mensch weil ich anfange mich zu hassen

Ich gucke mir den ganzen Platz an den ich
habe und ich denke an den ganzen anderen
Platz in diesem Haus und in jedem Haus in
dieser Straße und in ganz Ellej und ich denke

dass die Menschen aus meinem Camp auch
hier sein könnten

Statt im Wald zu verbrennen

Das ist mein zweiter Raum

Er ist so viel schöner als der erste

Auch hier gehöre ich nicht hin

Das Baby kommt nach Hause und schreit fast den ganzen Tag und die ganze Nacht durch die Wand

Slaughters Geschrei kommt auch nach Hause und auch die kleine Stimme von einer Frau und wenn die kleine Stimme von der Frau da ist wird das Geschrei von Slaughter leiser aber nur kurz

Wir genießen die Pausen

In einer langen Pause schmuggelt die kleine Slaughter Huhn zu mir rein und ich nage an einem Schenkel und sie erzählt mir den ganzen Abend von einem Ort namens Disnie

Sie sagt sie will mit mir da hin

Du fändest Disnie so toll sagt die kleine Slaughter *da sind überall Tiere und wir brauchen bloß ins*

Auto springen auf den Freeway fahren und auf über hundert aufdrehen und schon sind wir da

Ich mache die Augen zu und Bilder erscheinen

Ich wollte immer im Disnie arbeiten sagt die kleine Slaughter *Würde ich da arbeiten wäre ich die böse Königin aber wenn sie eine böse Hexe ist und ich würde rumlaufen und Kinder erschrecken und so*

Ich schlafe ein und träume zum ersten Mal seit der Zeit vor dem Feuer

Als ich aufwache bewegt sich mein Körper so schnell wie noch nie

Auf über hundert aufdrehen

Meine Augen gehen auf und die verschwommene Ferne steht still aber die Welt gleich vor dem Auto schießt mit unglaublicher Geschwindigkeit vorbei

Meine Tatzen liegen auf dem Armaturenbrett und ich hocke auf dem Beifahrersitz

Ich drehe den Kopf und die kleine Slaughter lächelt und streicht mir beim Fahren über den Rücken

Ich bin so viel größer als sie und mein Körper nimmt die ganze rechte Autovorderseite ein

Mach dich auf was gefasst Heckatte sagt sie *wir sind auf dem Weg zum Disnie*

Sie lässt mich los und umklammert das Lenkrad

Das ist der lange Tod von innen

Ich gucke raus und glaube ich sehe den Beuteteilerkörper aber nein es ist eine Tasche

Andere Autos fahren vorbei und Leute drehen die Köpfe und lächeln und Kinder drücken ihre kleinen Hände und Gesichter gegen das Glas und schreien stumm

Du hast heute Geburtstag sagt die kleine Slaughter *du wirst fünf und das ist wie fünfunddreißig in Katzenjahren*

Es sind deine besten Jahre

Es ist komisch still im Auto so als wären wir in einer Blase geschützt vor der vorbeirasenden Welt draußen

Die Welt draußen wird langsamer und unser Auto fährt hoch in die Luft und verlässt den langsamen Tod

Da wären wir sagt die kleine Slaughter

Wir halten neben ein paar anderen Autos und sie springt raus und geht ums Auto rum und macht meine Tür auf und mein großer Körper fällt raus und ich bin wieder auf allen vieren und gucke zu wie Kinder und Erwachsene und mehr Leute als ich jemals gesehen habe aus ihren Autos schwärmen und einen Fluss aus Füßen bilden der sich auf das Sonnenlicht zubewegt

Die kleine Slaughter klatscht in die Hände und ich hebe den Kopf und sie hat einen leuchtend blauen Overall an und Ohren wie eine Maus

Hat sie sich umgezogen oder

Wir schließen uns dem Fußfluss an und gehen eine sich bewegende Treppe runter und laufen einen polierten Gehweg lang ich neben ihr

Ich rieche was was so anders ist dass ich es schwer beschreiben kann und als wir stehen bleiben und der Fluss aus Menschen eine lange sich langsam bewegende Reihe bildet wird mir klar dass es nicht das ist was ich rieche sondern das was ich nicht rieche

Keiner hat Angst

Wir kommen an ein Drehkreuz und ich will drunter durchgehen aber eine Frau sagt *Moment*

Die kleine Slaughter lächelt und die Frau lächelt zurück

Ist das ein Assistenztier fragt die Frau

Ja ich brauche sie zur emotionalen Unterstützung sagt die kleine Slaughter *und ich habe alle Papiere dabei*

Sie greift in die Tasche von ihrem Overall aber die Frau sagt *Nein ist schon gut*

Die Frau hebt meine Tatze an und drückt ein kleines Holzding sanft dagegen

Mit dem Stempel kommt ihr wieder herein falls ihr den Park verlasst sagt die Frau

Werden wir nicht sagt die kleine Slaughter *aber danke* und sie setzt meine Tatze auf den Boden und lässt sich selbst einen Stempel auf die Hand geben

Dann noch rasch ein Foto sagt die Frau und die kleine Slaughter dreht den Kopf und ich höre ein elektrisches Klicken von dem Gerät

Jetzt ist sie dran sagt die Frau und die kleine Slaughter packt mich am Genick und dreht mein Gesicht nach oben und sagt *Einmal lächeln fürs Foto Heckatte* und ich tu es ich lächle

Das einzige Mal dass eine Katze das gemacht hat

Hinter dem Tor sind überall Musik und Stimmen

Es gibt noch andere Tiere große Tiere mit weichem Fell und Gesichtern und sie stehen aufrecht und umarmen Menschen und mischen sich unter sie die ganzen Menschen die Menschen mit ihren eigenen Ohren und Kappen und funkelnden Gegenständen und keiner findet mich irgendwie komisch

Und manche von den Kindern kommen rüber und streicheln mich und die kleine Slaughter lässt sie und sie sagen *Sie ist so schön* und die kleine Slaughter sagt *Sie hat heute Geburtstag* und die Kinder binden mir eine Schleife um den Hals und wir gehen zusammen die breite Main Street lang

Da ist eine Bank unterhalb von einem Schloss und die kleine Slaughter setzt mich drauf und sagt *Bleib*

Ich bleibe und genieße meine Bewegungslosigkeit zwischen den ganzen Bewegungen um mich rum

Sobald ich Hunger kriege erscheint was zu essen

Ein großer Vogelschenkel den die kleine Slaughter mir hinhält und sie hat auch einen und sie setzt sich auf die Bank und schlägt die Zähne in das fette Fleisch

Ich gucke mich um und andere Leute essen auch so großes hässliches Fleisch also sabbere und kaue ich mit

Blutrünstige blutrünstige Schlemmerei

So weit weg von Scare City

So groß musst du sein um mitzufahren sagt die kleine Slaughter mit ihrer Lesestimme

Sie steht bei einer seitlichen Stange in der Luft und hält die Hand hoch um die Höhe zu messen

Stell dich mal hin Heckatte sagt sie und ich stelle mich hin wie die anderen Tiere im Disnie und jetzt ist mein Hals über der seitlichen Stange

Ich gebe ihr gute emotionale Unterstützung und ich bin groß für sie

Perfekt sagt die kleine Slaughter und wir laufen ans vordere Ende von der Reihe und sie schnallen uns in einem Baumstamm fest und Wasser schwappt an den Seiten rein und sie klammert sich an meinen Rücken und die Fahrt geht los

Da sind Dunkelheit und Farben und singende Tiere und Tiere die gequält werden und immer wenn wir über eine Klippe fahren drückt mein Magen gegen meinen Hals und ich fühle mich unglaublich

Als wir aussteigen sind wir ganz durchnässt also schüttle ich mich trocken und alle um uns rum schreien und freuen sich über das Wasser das von mir runterregnet

Guck mal Heckatte da sind wir sagt die kleine Slaughter und sie zeigt auf einen Bildschirm und ich sehe den Bildschirm klar und deutlich und darauf fahren wir die große Klippe runter und die kleine Slaughter hat die Hände oben und ihre Hände verdecken die Gesichter von den Menschen hinter uns und ich sehe aus als hätte ich Angst vor meiner eigenen Freude

Ich liebe die Fotos sagt die kleine Slaughter *jetzt sind wir immer hier auch wenn wir schon gegangen sind*

Wir warten in einer Reihe zwischen leuchtenden Holzstatuen

Es erinnert mich an den Wald als ich ein kleines Kätzchen war und das Sonnenlicht liebte und es mehr Grün gab als es jemals wieder geben würde

Das ist es wert sagt die kleine Slaughter *es ist das Schönste auf der Welt für mich*

Die leuchtenden Holzstatuen wackeln und machen Lärm

Das da ist die Göttin des Feuers sagt die kleine Slaughter als wir weitergehen

Und sie verursacht Erdbeben

Sie berührt einen Ast und er singt

Diese Bäume sind lebendig und unecht

Die Reihe bewegt sich wieder und die kleine Slaughter kriegt ihr Schönstes auf der Welt

Es ist gelb und kalt und sie hat für uns beide eins in der Hand und leckt an ihrem und sagt *Mmmm* und hält mir meins hin aber sie hält es hoch und sagt *Okay Heckatte wenn du das willst musst du dich wieder hinstellen und stehen bleiben* und ich mache wieder was sie sagt und wie durch Zauberei stehe ich ganz aufrecht und lecke auch

Ich bin jetzt größer als die kleine Slaughter

Wir gehen durch noch mehr Wälder unechte und echte und in eine Fantasie rein

Und der Tag wird zur Nacht und im Schloss gehen die Lichter an und es verwandeln sich noch andere Sachen

Ich gucke sie an und sie guckt mich an und sie hat keinen Overall mehr an und Mausohren nein sie hat sich wieder umgezogen als ich nicht geguckt habe und sie hat ein dunkles Kleid an und eine juwelenbesetzte Krone auf dem Kopf

Ich gehe auf zwei Beinen und es fühlt sich an wie für immer

Ein Mensch in einem Katzenkostüm

Ich lasse die Tatzen sinken und sie fühlen sich an als wären sie bereit zum Greifen

Die kleine Slaughter sagt *Ich bin jetzt die Königin die böse Königin und du bist meine Göttin zur emotionalen Unterstützung*

Wir gehen an einer Reihe von Menschen vorbei die drängeln als wäre am Ende was ganz Tolles und als wir ans Ende kommen sehe ich einen Thron und ein Sofa am oberen Ende von einer Treppe und ich weiß der Thron ist für die kleine Slaughter und das Sofa ist für mich

Da oben gehören wir hin

Oben an der Treppe nehmen wir unsere Plätze
ein

Die kleine Slaughter sitzt und umklammert die
Armlehnen als wäre sie hier geboren und ich
strecke mich auf dem Sofa aus zerkratze den
Stoff und lecke meine Tatzen bis sie königlich
glänzen

Die Leute am vorderen Ende von der Reihe
kommen zu uns und posieren

Ein Fotograf macht ein blitzendes Foto nach
dem anderen und alle die raufkommen und
sich zu uns stellen lächeln weil sie wissen die
Fotos bedeuten dass sie immer noch da sind
auch wenn sie schon gegangen sind

Die Reihe bewegt sich bleibt aber genauso lang
und sie zieht sich in die Ferne und dieses
eine Mal kann ich die Ferne sehen statt nur
eine verschwommene Fläche wie sonst und ich
kann über die Disniegebäude und die weit
entfernten Lichter von Ellej sehen bis zu den
dunklen Bergen unter dem

Hollywoodschriftzug wo ich bestimmt bin wo ich bestimmt schlafe und träume

Weil wie

Die Kamera blitzt weiter und die Leute um uns rum lächeln weiter

Die Geburtstagsschleife um meinen Hals schwillt an und ich will reden

Also tu ich es

Beim Klang von meiner Stimme ruckelt die Treppe und fängt an sich vorwärtszubewegen

Der Thron und das Sofa sind jetzt auf einem Paradewagen

Kostümierte Tiere erscheinen und führen die Parade an und unser Wagen folgt ihnen

Unsere Menschen unten teilen sich stellen sich links und rechts von der breiten Straße hin und sie jubeln und machen selbst Fotos und rudern mit ihren riesigen Vogelschenkeln und lassen ihre glitzernden Stöcke wirbeln

Rosa und Rot wie Funken aus Blut und
Gedanken

Unsere Leute überschütten uns mit Jubel als
wir ans Ende von der Main Street kommen
und ich sehe den Ausgang und denke nein
nein es soll noch nicht vorbei sein

Der Wagen dreht sich langsam sodass wir in
die Richtung gucken aus der wir kamen

Guck nach oben sagt die kleine Slaughter *guck
mal ganz nach oben*

Ich lege meinen schwindligen Kopf in den
Nacken

Feuerwerk

Das Feuerwerk zerplatzt zur Form vom Gesicht
von der kleinen Slaughter und zerplatzt zur
Form von meinem Gesicht und im Nacht-
himmel lächeln wir genau so wie auf den Fotos
die am Drehkreuz gemacht wurden

Ich gucke in das echte Gesicht von der kleinen
Slaughter das von ihrem Feuerwerksgesicht

angestrahlt wird und sie streicht mir über den Kopf

Ein Sturm von Augen liegt auf uns die Augen von unseren Leuten unten

Ich hebe meine Göttinnentatze und winke ihnen zu und sie winken alle zurück

Wir sind da Heckatte wir haben's geschafft sagt die kleine Slaughter *wir sind am glücklichsten Ort auf der Welt*

Unsere Himmelgesichter fallen auseinander und regnen runter und hinterlassen Rauch

Der Schrei in meinen Ohren sagt mir ich bin in Wirklichkeit aufgewacht

Disnie ist weg und ich bin wieder im Zimmer von der kleinen Slaughter

Eine Frau steht in der Tür und sie macht den Schrei

Sie holt Luft und dann ist sie leiser als ich es bei einem Menschen für möglich gehalten hätte

Sie drückt eine große Saugmaschine auf den Boden und die macht ein lautes saugendes Geräusch

Bis sie sie schnell in meine Richtung schiebt und sie stößt den Tisch neben meinem Sofa um und hört auf ein saugendes Geräusch zu machen und die Lampe fällt runter auf den Teppich und bricht in Stücke

Ich gucke die Frau an und sie ist erstarrt als ob
sie erwartet dass ich mich zuerst bewege

Um ihr den Gefallen zu tun schlecke ich eine
Tatze ab

Sauber und friedlich

Sie rennt weg und ich höre sie weiter schreien und
ich fühle mich mächtig aber auch scheißschuldig

Ich gucke auf die zerbrochene Lampe auf dem
Boden

Ich kann sie nicht wieder ganz machen

Ich habe keine Ahnung wie es ist ein Mensch zu
sein und einem mir gegenüberzustehen

Der Teppich ist schon von den Lampensplittern
ruiniert also steige ich vom Sofa runter und kratze
und kratze und versuche erklärende Wörter in
den Boden zu kratzen

Aber als ich wieder aufs Sofa steige und auf mein
Werk runtergucke sind es bloß gezackte Streifen
ohne Ordnung oder Bedeutung

Eines Tages werde ich schreiben können was
du liest

Vielleicht in Santa Feh mit der kleinen
Slaughter

Wo ich ihr jedes Wort sage

Oder auf der anderen Weltseite von den
brennenden Hügeln

In New York bei einem Therapeut

Vielleicht schreibe ich es in einer guten
Zukunft einer Zukunft in der ich sicher bin

Oder vielleicht wird es auch nie geschrieben

Nur geknurrt

Die kleine Slaughter kommt ins Zimmer
und mit ihr drin fühlt sich das Zimmer wieder
richtig an

Aber sie verhält sich falsch

Scheiße Scheiße sagt sie es tut mir so leid *Heckatte ich hatte vergessen dass Marie immer montags kommt so ein Scheißdreck*

Sie setzt sich aufs Sofa und ich springe auf und strecke mich aus und lege den Kopf in ihren Schoß und sie streichelt mich kurz bevor sie aufsteht und zu ihren Schubladen geht

Okay okay dann müssen wir halt einfach früher nach Santa Feh aufbrechen

Ich kann die Entschlossenheit in ihren Augen sehen und in der Art und Weise wie sie eine Tasche nimmt und sie aufmacht und jede Schublade aufreißt und Kleider und Schuhe in die Tasche stopft

Was brauchst du Heckatte du brauchst was zu fressen viel zu fressen okay okay sagt die kleine Slaughter und jedes Wort kommt schneller raus als das letzte

Sie kommt wieder zu mir und legt ihre Stirn an meine

Du hast nichts Schlimmes gemacht sagt sie *du bist perfekt ich hab bloß Scheiße gebaut*

Draußen ist ein Auto zu hören und die
kleine Slaughter erstarrt wie Marie als sie
mich gesehen hat

Ihre winzige Angststimme sagt *Daddy ist zu
Hause*

Das ist Slaughter der Mann nicht bloß
Slaughter die Stimme

Aber seine Stimme ist mit ihm reingekommen
und sie füllt das Zimmer aus

Jane komm her sagt er zu der kleinen Slaughter
und packt sie und zerrt sie zur Tür und sie
schüttelt ihn ab und kommt wieder zu mir
und er schreit *Du machst verdammt noch mal
was ich sage*

Slaughter ist kleiner als ich dachte und er
hat bloß ein paar Haare auf dem Kopf und die
paar Haare die er hat sind weiß

Er hält einen langen glatten Stock in der Faust
und er zeigt damit auf mich

Geh von dem Vieh weg schreit er *Jane komm
hierher*

Die kleine Slaughter stemmt die Hände in die Hüften und bewegt sich nicht

Er schlägt die Tür zu und schließt sie hinter sich ab und sagt *Beth ruft die Polizei Jane das ist kein Spaß du musst jetzt hier zu mir kommen*

Die Luft im Zimmer ist heiß seit Slaughter da ist

Das ist ein Puma Jane sagt er *ein gottverdammter Puma*

Nennt man mich so

Die Tür wackelt und rappelt

Slaughter lehnt sich von innen dagegen und überprüft ob sie abgeschlossen ist

Hinter der Tür ruft die Stimme von einer Frau *Was ist hier los Jack ich habe gerade Marie wegfahren sehen*

Hast du die Polizei gerufen schreit Slaughter die Tür an und die Tür schreit *Was soll ich denen denn sagen*

Geh einfach zum Baby schreit Slaughter und dann dreht er sich zur kleinen Slaughter um und sagt *Mein Gott Jane das Baby wir haben das Baby im Haus*

Die kleine Slaughter bewegt sich nicht und ich bewege mich auch nicht und wir könnten ein Bild sein so sehr bewegen wir uns nicht

Slaughter guckt sich im Zimmer um und sieht die zerbrochene Lampe und die rausgezogenen Schubladen und zum ersten Mal höre ich ihn was Leises sagen er sagt *Wieso hast du deinen Koffer rausgeholt*

Du willst ein Baby haben okay schreit die kleine Slaughter *du willst ein Baby als Frau okay aber dann darf ich auch ein Scheißbaby haben*

Ich bin hier nicht mehr das Problem schreit Slaughter *du bist jetzt das Problem das hier ist das Problem*

Er zeigt mit dem Stock auf mich und ich bemerke seinen Hals

Hör zu schreit die kleine Slaughter *sie gehört zu mir sie ist in Ordnung*

Slaughter nimmt den Stock in beide Hände und macht einen Schritt nach vorn

Die kleine Slaughter hält beide Hände ausgestreckt vor sich als würde ihr das mehr Macht verleihen

Sie beißt mich nicht sagt die kleine Slaughter

Sie hält den Kopf neben mein Maul und ich beiße sie nicht

Sie kratzt mich auch nicht

Sie hebt eine von meinen Tatzen an ihre Seite und ich kratze sie nicht und sie lässt los und ich senke die Tatze und lasse sie so wenig furchterregend wie ich kann vom Sofa baumeln

Sie rührt sich nicht mal vom Fleck

Ich rühre mich nicht vom Fleck

Slaughters Hände werden lila er umklammert den Stock fest

Ich versuche zu schnurren und es klingt nicht wie es soll

Ich bin so brav aber es wird nicht besser

Wie lang ist das Vieh schon im Haus Jane

Seit einer Ewigkeit Dad seit einer Scheißewigkeit

Jane komm hierher

Was

Jane das geht so nicht

Dad leg den Schläger weg den brauchst du nicht sie ist brav

Du sagst dauernd sie was zur Hölle Jane

Ja Dad das ist Heckatte sie gehört zu mir und ich zu ihr

Ich kann seinen gottverdammten Pimmel sehen

Ich scheiß auf dich

Jane

Ich scheiß auf das hier und ich scheiß auf dich

Die kleine Slaughter stürmt los und schließt die Tür auf und Slaughter rennt los um sie aufzuhalten und lässt den Stock sinken und die kleine Slaughter ist weg und jemand anderes erscheint an ihrer Stelle in der Tür und sagt *Jack was zur Hölle ist eigentlich mit deiner Tochter los*

Beth warte sagt Slaughter

Die neue Frau sieht mich und natürlich erstarrt die neue Frau so wie alle erstarren oder wegrennen diese zwei Sachen machen alle außer der kleinen Slaughter und ich will dass sie bei mir ist aber sie ist nicht da wo ist sie hin

Jack das ist der Berglöwe sagt die neue Frau *Was* sagt Slaughter *Das ist dieser Berglöwe hast du das nicht gelesen er lebt im Park*

Ist das Fame

Tja, jetzt ist er jedenfalls hier sagt Slaughter und die Frau sagt *Jack wir haben ein Baby* und dann macht die Frau das andere was alle machen sie rennt weg

Slaughter hebt den Stock wieder aber er geht rückwärts statt vorwärts und streckt eine Hand nach dem Türknauf aus und fängt an die Tür langsam zuzumachen

Ein Schrei ist zu hören

Jack schreit die Frau im Flur *Jack wo ist das Baby das Baby ist weg*

Slaughter rennt durch den Flur zu ihr und nimmt sein Geschrei mit

Ich kann einen Moment lang nachdenken

Ich suche in meinem Kopf aber da sind keine Gedanken und ich gebrauche meine Augen und ich gucke zu dem Spiegelbild an der Schranktür

In dem Zimmer im Glas sehe ich eine nicht angeschlossene Saugmaschine auf der Seite liegen

Ich sehe eine zerbrochene Lampe auf dem Boden

Ich sehe Risse von Krallen im Teppich

Ich sehe einen offenen Koffer und rausgezogene Schubladen

Ich sehe verschwommene grüne Bäume hinter dem Sofa

Ich sehe einen Kreis aus Steinen und Karten und Kerzen

Ich sehe mich

Ich sehe mich

Es ist Zeit zu gehen

Die kleine Slaughter kommt mit einem vollen Rucksack wieder reingerannt und schlägt die Tür zu und schließt sie ab

Sie rennt zu mir und nimmt mich in den Arm

Keine Sorge Heckatte sagt sie *dem Kleinen geht's gut ich habe bloß sein kleines Bettdings in die Wäschekammer gestellt so haben wir vielleicht fünfzehn Minuten bis sie ihn finden aber es geht ihm gut er hat seinen kleinen Schnuller und alles*

Ich mache mir keine Sorgen um den Kleinen

Die kleine Slaughter stopft noch einen Haufen Kleider in ihren Koffer und wirft ihren Rucksack über die Schulter

Sie klimpert mit ihren Schlüsseln wie in einem Spiel

Es ist kein Spiel

Auf geht's sagt sie und sie läuft zu der Glaswand
hinter dem Sofa und schiebt sie zur Seite
und sie klopft auf ihr Bein und ich gehe zu ihr

Sie macht ein Zeichen damit ich weitergehe
und ich mache es

Nichts ist zwischen mir und draußen

Ich liege ausgestreckt auf der Rückbank und die kleine Slaughter fährt

Hier hinten habe ich Platz

Bleib unten sagt die kleine Slaughter *bleib erst mal unten ja*

Ich spüre wie das Auto beschleunigt und immer wieder dreht

Dann bleiben wir stehen und ich rolle fast vom Sitz und ich ziehe mich mit den Krallen hoch bis ich wieder sitze

So ein Scheiß sagt die kleine Slaughter und das Auto bewegt sich ganz langsam hält an und fährt wieder los und es ist gar nicht so schnell wie in meinem Disnietraum

Aber das Auto ist eine leise Blase und ich genieße die Ruhe nach dem Geschrei und dem

Gerenne und den zerbrechenden Sachen im Slaughterhaus

Der Verkehr es ist so viel Verkehr Heckatte sagt sie *es wird ein bisschen dauern bis wir hier rauskommen und auf den Freeway fahren können*

Die kleine Slaughter trommelt mit den Fingern auf dem Lenkrad und das Auto kriecht langsam vorwärts

Ich kann ihr Spiegelbild sehen und ihre Augen sind wütend und ängstlich aber sie lächelt mich an

Sie sagt *Jetzt hängen wir hier fest und kriegen Krebs wie alle anderen auch*

Als wir wieder ganz stehen bleiben nimmt die kleine Slaughter die Hände vom Lenkrad und nimmt eine Tasche und reißt sie auf und dreht sich auf ihrem Sitz um und kippt Stücke von getrocknetem Fleisch vor mir aus

Ich fresse sie

Braves Mädchen sagt die kleine Slaughter

Es ist schön gefüttert und gleichzeitig gelobt zu werden

Ich wünschte du könntest mir antworten sagt die kleine Slaughter und sie dreht sich wieder nach vorne und das Auto bewegt sich wieder und sie redet weiter

Die beschissene Rasch Auer na klar Freihalten Bereich steht auf der Straße Freihalten und dann Bereich in der Reihenfolge wenn man langsam fährt lese ich es immer so

Ich nicke aber ich weiß nicht wovon sie redet und sie guckt mir wieder im Spiegel in die Augen und guckt zu wie ich schlucke und fasst nach hinten und berührt mich am Bein

Sag was sagt sie *Bitte Heckatte ich will nicht die ganze Fahrt über mit mir selbst reden also sag einfach was*

Ich will ja

Ich mache das Maul auf

Okay drauf geschissen sagt die kleine Slaughter *wir fahren durchs Wohnviertel*

Sie dreht am Lenkrad und wir schießen nach rechts und einen Moment lang fahren wir schneller aber dann bleiben wir wieder stehen und die kleine Slaughter schlägt mit der Hand aufs Lenkrad und legt den Kopf drauf

Sie dreht sich um und streichelt mir den Rücken und ich spüre ihre Wut und Enttäuschung in jedem Streicheln

Echt du musst unten bleiben Heckatte hier sind überall Leute es tut mir leid aber du musst unten bleiben nicht rausgucken

Ich liebe sie und ich bin dankbar für die Zeit die wir zusammen verbracht haben

Ob sie mich beschworen hat oder ich sie gefunden habe

Ich freue mich über ihre Vorstellung von unserer Zukunft

Ein Leben weit weg

Ich lasse mich von ihr fester streicheln als ich gestreichelt werden will

Und ich höre gut zu wenn sie sagt *Bleib unten bleib unten*

Aber als sie loslässt und wegguckt mache ich das Gegenteil

Aus dem Auto raus sehe ich die ganzen Menschen

Manche gehen und manche sitzen und sie haben alle Telefone in der Hand und tippen drauf rum

Und an den Tischen die den größten Teil vom Gehweg auf der anderen Straßenseite einnehmen trinken und essen die Menschen und reden und reden nicht

Es ist viel los aber ich kann nur auf einen Menschen gucken der allein an einem Tisch in der Mitte von allen Tischen sitzt und es ist ein Mensch den ich kenne

Es ist ein Hals den ich kenne

Der Mann mit der Peitsche

Ich gucke auf seinen Hals diesen vertrauten
Hals aber ich gucke auch auf seine Hände
sie bewegen sich auf und ab während er isst und
ich denke dran wie leicht diese Hände Feuer
machen können und wie leicht dieses Feuer
Zelte und ein Camp zerstören und einen Wald
verbrennen kann

Alle Menschen die da sitzen und gehen haben
auch Hände und ich sehe alle ihre Hände
und ich weiß was ihre Hände machen können
und was ihre Hände machen würden und
welche Gewalt hinter jeder Bewegung lauert

Ich lerne was Neues

Ich lerne dass ich eine Autotür aufmachen kann

Damals in der Höhle konnte ich mir
in ruhigen Nächten fast vorstellen alle
Menschen wären verschwunden

Die Schluchten wären befreit von ihren
Schritten und Stimmen und Autos

Die langen Tode würden stillstehen

Die Bäume würden sich ausbreiten und ihr
Grün würde die Gebäude verschlucken und
die ursprünglichen Gerüche wiederherstellen

Wiederherstellen was gebraucht wird

Ich konnte sehen wie ich den Park verlasse und
durch ein leeres Ellej gehe

Langsam und sicher mit den ganzen anderen
Tieren

Zurück in den tiefen Wald und das ewige Wasser
und die untergehende Sonne

Die Menschen können es nicht sehen aber ich
schon

Ihr Ende bringt alles in Ordnung

Scare City ist nicht Scare City ohne irgendwen
der es beim Namen nennen kann

Ich mache die Autotür auf und springe auf die Straße und es ist bloß eine Straße bloß ein kurzer Tod und ich überquere sie schnell solange die Autos alle stillstehen

Als ich bei dem Mann mit der Peitsche ankomme sind da weniger Menschen sie haben ihre Taschen fallen lassen und ihre Stühle umgeworfen und sind weggerannt

Aber der Mann mit der Peitsche sieht mich nicht bis ich in Sprungentfernung bin

Also springe ich und meine Tatzen verbinden sich mit seiner Brust und ich stoße ihn um und er fällt vom Stuhl und sein Gesicht schlägt auf dem Gehweg auf und aus seiner Nase spritzt Blut

Er dreht sich auf den Rücken und guckt nach oben und ich drücke ihn auf den Boden

Wo ist deine Peitsche jetzt denke ich wo ist dein Feuer

Seine Halsader schwillt an wie ein Wunsch der wahr wird

Ich kann sein Blut auf dem Pflaster riechen und ich habe gar keinen Hunger

Es geht hier nicht um Müssen

Nein es geht um Wollen

Es ist eine fürchterliche Entscheidung aber ich treffe sie

Ganz wie ein Mensch

Meine Zähne reißen seinen Hals auf reißen die Ader auf und meine Kiefer schnappen zu und drehen sich und machen was sie machen sollen und sein Körper knackt unter meinem Gewicht und er hört auf sich zu bewegen

Sein Blut füllt meinen Magen

Warmer Regen

Ich hebe den Kopf und er wird klar und ich
erinnere mich an die kleine Slaughter

Sie ist als einziger Mensch draußen und sie
steht mitten auf der Straße bei ihren offenen
Autotüren

Ihre Augen sind auf meine gerichtet und

Meine Augen schießen Feuerwerk

Sie sieht den toten Mann und sie sieht dass
ich ihn dazu gemacht habe und sie ballt
die Fäuste und sie zittert wie ein Erdbeben

Wir begegnen uns zum ersten Mal

Hallo kleine Slaughter

So sieht eine Göttin aus

Sie macht einen Schritt zurück und schlägt
die Tür zu die ich aufgemacht habe und sie
wirft mir einen letzten Blick zu

Ich würde dich nur langsamer machen kleine
Slaughter

Du hast so einen weiten Weg vor dir

Sie setzt sich auf den Vordersitz und macht die Tür zu

Braves Mädchen

Ich gucke auf den Mann mit der Peitsche runter der jetzt der Mann ohne Peitsche und ohne Leben ist

Ich gucke auf seinen offenen Hals runter

Seine Hände sind keine Hände mehr sie sind bloß noch nutzlose weiße Brocken

Die kleine Slaughter macht das Auto an

Ich lasse sie gehen

Mein Körper ist voller Blut

Meine Mutter wäre so stolz

Das Auto von der kleinen Slaughter findet eine Lücke und sie fährt schnell weg

Ein großes Autogeräusch rückt in der Luft an
die Stelle von ihrem kleinen Autogeräusch

Viele Autos mit ihrem mechanischen Geheul
die näherkommen und

Dann höre ich das Himmelgeräusch das ich
noch vom Berg kenne ein Dreckshubschrauber

Kein Rettungshubschrauber der mich an einen
sicheren Ort bringt

Sondern einer der kreisend näherkommt und
mit seinen Lichtern blendet

Ich höre das Schwirren und es wird lauter als
die Autos und ich weiß das Geräusch kommt
wegen mir und die Menschen in dem Geräusch
kommen wegen mir

Ich kann nirgends hin

Ich habe genug von Gestrüppen und Höhlen
und Zimmern und ich habe es satt draußen zu
sein

Ich gehe von meiner Beute weg

Sein dicker leerer Körper ist zu schwer um ihn zu verstecken

Mir tut bloß leid, dass ich dich nicht ganz fressen konnte

Die heulenden Autos bilden eine wirre Masse auf der Straße

Überall kreisen Lichter

Gepolsterte Menschen steigen aus den Autos und scharen sich um mich und zeigen mit langen Gegenständen

Das sind keine Stöcke

Sie rufen so laut hin und her dass ich nicht verstehe was sie sagen

Ich kann nicht mehr zuhören

Das Schwirren von dem Dreckshubschrauber ist genau über uns und die gepolsterten Menschen gucken rauf und dann wieder zu mir und was ich in ihren Augen sehe sehen sie auch in meinen

Eine Bedrohung

Ich ziehe die Krallen ein und versuche zu dem kleinen Kätzchen in meiner Mitte zu werden

Vielleicht wissen die gepolsterten Menschen ja wieso ich gemacht habe was ich gemacht habe

Vielleicht verstehen sie

Ich sage was

Es klingt wie Wörter

Es ist nicht das was sie hören wollen

DANKSAGUNG

Unbändiger Dank:

An Kate Durbin, ohne die ich Los Angeles nicht im ganzen Ausmaß seines kaleidoskopischen Chaos kennen würde, und Emma Rathbone, die diesem Buch geholfen hat, seine Fürsprecher zu finden.

An Jim Rutman, Szilvia Molnar, Brooke Ehrlich und das wunderbare Team von Sterling Lord Literistic, die einen lebenslang gehegten Traum wahrgemacht haben.

An Lee, der Heckatte beim Namen genannt, und Millicent, die die Ratte nicht gegessen hat.

An Johanna Hedva (»versau mir nicht die Satzstellung«) und Katherine Faw (»nur die besten«), die mich durch einen Wirbelsturm geleitet haben.

An Jackson Howard und Gillian Fitzgerald-Kelly, die dieses Tier aus der Wildnis geholt haben, und alle bei MCD/Farrar, Straus and Giroux und bei Picador. Ich verehre euch.

An die wunderbaren Freunde, Kollaborateure und Kollegen, die mich in den Jahren unterstützt haben, in denen ich fortging, blieb und als fiktionales Tier zurückkehrte. Wir wissen, wer wir sind.

An meine Familie, dafür, dass ich euch in gleichgültigen Zeiten nicht gleichgültig war.

An Malcolm für all meine eingelagerten Seelen.

An Merkel, die magische Navigatorin auf unserer Lebensreise durch die Kunst. Liebe jenseits aller Worte. Du bist meine liebste Schriftstellerin und mein liebster Mensch.

Dieses Buch ist für P-22, der in Träumen neben mir hergeht, und für Jane, die die Seiten umgeschlagen hat.